本能寺から始める信長との天下統一

HONNOUJI KARA HAJIMERU NOBUNAGA TONO TENKATOUITSU

常陸之介寛浩

イラスト／茨乃

「失礼します」
茶々
お初

本能寺から始める信長との天下統一　2

常陸之介寛浩

OVERLAP

目次

イラスト／茨乃

《あるかもしれないパラレルワールドの未来――》

青々とした一本の大木を背景におなじみの歌が流れると、グループ企業六〇九四社が字幕で高速で流れた後、

『この番組は、世界の人々を幸せにする企業理念の世界最大企業、株式会社常陸《ひたち》技術開発研究製作所グループの提供でお届けします』

と、番組スポンサーの案内が流れ、番組は始まった。

「皆様こんばんは、今週の時代ふしぎ発見は、1585年1月10日、征夷《せいい》大将軍《たいしょうぐん》になり、琵琶湖《びわこ》を中心とした幕府を開いた安土《あづち》幕府初代将軍、織田信長《おだのぶなが》の謎多き軍師、常陸藩初代藩主、黒坂常陸守《くろさかひたちのかみ》真琴《まこと》に注目したいと思います。白柳鉄子さんは、もちろんお会いしたことがおありかと思いますが？」

と、マッチョでダンディーな司会者が、テレビ業界の生き字引のようなレギュ

ラー解答者に聞いていた。

「あら、そうですわねーって、そこまで長生きしてませんから、おほほほほ」

と、彼女は笑いながら口元に手を当て上品に冗談を言う。

「野々町君は知っていますか？　黒坂真琴」

と、童顔おじさんにマッチョでダンディーな司会者が聞く。

「えぇ、流石《さすが》に名前は教科書にあったので学校でも習いましたし、娘も伝記を読んでいたので。それに最近話題になりましたよね？」

と彼は、少し鼻づまり気味なとぼけ顔で言う。

「板西さんは、ゆで卵の食べ過ぎでお休みです。さて、法隆寺から謎の手紙、常陸藩初代藩主黒坂真琴の手紙が発見されて三年になりましたね。驚愕《きょうがく》の内容で話題になった手紙には、安土幕府時代にあるはずもない『タイムスリップ』『パソコン』『美少女フィギュア』『美少女抱き枕カバー』『コミケの本』『オンラインゲーム』『黒ギャルの写真集』の言葉がありました。発見された黒坂真琴の手紙は、他に残る手紙、文献との文字鑑定も一致、炭素測定においても紙や文字に使われた墨、封印されていた箱が安土幕府時代の物であることが証明されました。

これはタイムスリップをしたという証拠なのでしょうか？

オーパーツと言って良い存在の一通の手紙で、アインシュタインの相対性理論を全否定される結果になりました。

しかも、現在、副首都のある茨城県には茨城県立北常陸高等学校が存在し、黒坂真琴は五年前の修学旅行で失踪した人物の名であり、文字鑑定、手紙に残された指紋や手紙に付着していた汗染みから採取したDNAも鑑定の結果一致したのです。

今日は、そんな『本能寺の乱』に、突如現れた軍師・黒坂真琴の謎に迫りたいと思います。時代ふしぎ発見!!」

と、国民的クイズ番組で特集されていた。

織田信長の姪《めい》で茶々《ちゃちゃ》との婚約が内定した。

しかも、織田信長の養女になってから俺に嫁ぐわけだから、俺は織田信長の義理義理息子になる。

養女の夫って、義理の義理の息子だろうね？

呼び方はどうでも良いか？　それより、茶々が嫁？　あれ？　もしかして『淀君様《よどぎみ》』誕生ルートはなくなった？

これは、ん？　俺が淀に城を作ればありえるのか？

俺が淀城主になったら、俺が淀様じゃん！

名前よりなにより大切なことは、あの茶々が俺の嫁ってどう言うことよ。

あんな美少女、十四歳……。

完全に妄想二次元嫁を通り越している。

妄想の嫁ではない、現実だ。

長年、妄想していた二次元の嫁より美少女茶々だ。

智也《ともや》、羨ましいだろ。

再び会うことがあれば蹴られそうだから、これ以上、叫ぶのはやめておこう。

本当なら、現実の嫁は萌香《もえか》をと思っていたが、歴史上有名な茶々が俺の嫁。

摩訶《まか》不思議、奇々怪々。奇妙奇天烈《きてれつ》。

俺がタイムスリップした段階で奇妙奇天烈なわけだが。

何が起きても、それは現実として迎え入れないとならないのが、今の俺。

いつもより少し早いが、布団に入り悶々《もんもん》と考えていた。

こうして脳内の情報を整理してから眠りにつかないと、目醒《めざ》めたときにいまだに混乱してしまう。

夢落ちかと、ふと思いながら起きると現実は戦国時代と言う朝の混乱に、まだ慣れていない。

耐衝撃型スマートフォンの画面に映し出される幼馴染《おさななじ》み萌香の写真を見ながら脳内を落ち着かせる。

って、あれ？　そう言えば、この写真、萌香も一緒に、うちの家族と宮城県に行ったときのやつだ。

萌香の家とは親同士も仲が良く、旅行と言えば、俺が連れて行ってもらうこともあれば、萌香がうちの家族と一緒に行くことも子供のころからだったので、普通になっていた。

それは、高校生になっても変わらずだった。

この旅行で宮城県仙台市の八月に毎年開催している仙台七夕まつりに行ったついでに、石巻市のサン・ファン・バウティスタ号を見に行ったなぁ。

復興応援観光として行ったけれど、海産物、美味《うま》かったなあ。

しかも、あのバッタヒーローの美術館も良かったなぁ……。

ん！　ん？　あれ？　これってヤバくない？

これ、伊達《だて》政宗《まさむね》が建造させた西洋式の軍船だよね？

ガレオン船とか言うタイプじゃなかったかな？

正確にはガレオン船ではないのか？　でも、太平洋横断出来る船、西洋式帆船だよ。

うわぁ、うろ覚えの記憶がもったいない。

スペイン村？　違う違うスペイン国……確かイスパニア国の冒険家だか、船長だかが監修で造るんだよ、確か。

今から二十年くらい後に。

そのぐらいなら、今から造れなくないかな？

監修したのはスペイン人だが、実際に造ったのは、日本人の船大工達《たち》だったはずだ。

それなら出来ないはずはない。

出来なくはない。造れるはず。

世界で初の鉄甲船を造ったと言われる織田信長だもん、そのくらいのことは出来る船大工は雇っていそうだ。

あれは安宅船《あたけぶね》が基本型だから、船底の強度の不足と、速度が遅くて外海には不向きだったはずだけれど、鉄を張って防御性能万全、攻撃力も大砲を積んでいる。

波の静かな近海なら、この時代の最強の戦艦であったのは間違いない。

もし、本能寺の変で織田信長が死んでいなかったら、あの鉄甲船は南蛮船バージョンに進化していたはずだ。外海に対応した遠洋の出来る鉄甲船。って、俺が助けたから、そのifルートじゃん。

安宅船型から西洋式軍船型にしたら、どうなる？

七つの海の支配者になれるのではないか？

イスパニア国どころか、大英帝国と渡り合えるはず。

大航海時代に割って入る。

よし、これは提案してみよう。

ガレオン船型鉄甲船のことを考えていたら、茶々との婚約の興奮はどこかに消えていた。

戦艦ってのは、男心をワクワクさせるものがある。ロマンだ。

世界的漫画として有名な麦わらだって、海賊というロマンが詰まっている。

ひょうひょうとした動きをする名前を出すと怒られる舞浜にいる海賊も、アトラクションとしてはなかったが、シンボルとなるパーク内の海に展示してあるあの船は何気に好きだ。

映画は潜水艦ものが好きなんだが。

しかし、仙台市博物館の模型とか、説明書きとかも見たはずなんだが、なぜに写真を撮らなかったかな、俺。

あれが学校の夏休みの宿題で、自由研究だったら、一生懸命写真を撮ったりノートを書いたりして覚えようとしたのだろうが、単純に観光で行っただけ。

そこまで覚えようとはしていない。

ただ、江戸時代初期に太平洋を横断出来た船が、日本で作られたことに感動した。って、タイムスリップなんかしないと思っていたからじゃん、俺。

タイムスリップを想定していたら、覚えようとしたし、写真もいっぱい撮影しただろう。

写真はしょうがないとしても、説明くらいちゃんと覚えておけばな。

サン・ファン・バウティスタ号を監修した人の名を覚えていれば、現実味が増すんだけどなぁ。

伊達政宗の命でスペイン……イスパニアに行く慶長遣欧使節の支倉常長《はせくらつねなが》の名前までなら、教科書にも出てきたから、覚えているんだが、肝心なことを覚えていないのが残念だ。


あくる日の朝、森力丸《もりりきまる》に織田信長との面会の時間があるか確認してもらうよう頼む。

力丸は本丸天主に行って、兄の森蘭丸《らんまる》に会って帰ってくると、時間は作るとのことで昼前に登城の許可が出た。

いくら織田信長の直々の客分であり、茶々と婚約が決まった立場の俺でも、突然登城するのは失礼になるくらいのことは、わかっている。

俺の立ち位置って、改めて考えるとまさに『微妙』、と言う言葉が当てはまる。

家臣でもなく、同盟を結んだ大名でもない。

ただの客分なのに、給金と官位を貰《もら》っていて、姪である茶々と結婚するのだから、不思議な立場。

織田信長《おだのぶなが》自身が、それで良いと言っているのだから深く考えないようにしないと。

前例に囚《とら》われない織田信長だからこそ、許される立ち位置。

ここは、そのままにしておこう。

徳川幕府《とくがわ》では約束のない登城はご法度で、御三家の水戸徳川斉昭《なりあき》ですら、押し掛け登城を理由に蟄居《ちっきょ》が申し付けられたそうだ。

そのため、織田信長に会うのも許可を貰うのが適当だ。

朝ごはんを食べ、頃合いを見計らって力丸を連れて天主に登城すると、茶々が本丸の正門で待っていた。

「常陸《ひたち》様、今日から天主でのあなた様のお相手と申しますか、案内役は私にさせるよう、義父上《ちちうえ》様からの命にございます」

と、少しもじもじしながら顔を赤らめ恥ずかしそうに言ってきた。

「あっ、はい、よろしくお願いします」

と、俺も少々照れながら言うと、

「えぇ、末永く」

「そのよろしくお願いしますじゃないよ、今のは」

そのやりとりに、力丸が何やら笑いをこらえている様子だった。

「今日は、天主の間で拝謁するそうです」

と、安土《あづち》城の天主の最上階に登った。

外を眺めると、過ぎた春のやわらかな日差しより夏に近づく強い日差しが、琵琶湖《びわこ》の湖面をキラキラと輝かせていた。

美しい眺め、良いよな。

城に住むなら川か湖が望めるところが理想的だ。

旅行で行った、愛知県の犬山城の景色は、とても感動したのを思い出した。

犬山城って、もう存在するはず。

織田家の領内だから、いつか行ってみよう。

そう言えば、宮城県仙台市の青葉城からの眺めも良かったなぁ。

川を挟んで見える東北最大都市。

城跡から眺めるってなんか良い。

って、俺の屋敷も二ノ丸とは言え、安土城内の屋敷暮らしなのだから、城と言えば城か。

海は城下町が、危険になるからやだな。

どこか自分が城持ちとなる可能性を想像しながら湖面を眺めて、一人で絶景を楽しんでいると、茶々がお茶を運んできた。

茶々が点《た》てたお茶らしく、座って一口、口に運んだ。

ん～、薄い。飲みやすいのだけど、抹茶の良さが表現しきれていない味。

クリーミーさも足りない。

織田信長が点てる濃いが甘みのあるクリーミーな泡の、美味いお茶とは一線を画すお茶。

だが、不味《まず》いなどとは言わない。

流石《さすが》に、そこまで失礼ではない。

無言で飲み干し、茶碗《ちゃわん》を置いた。

「美味《おい》しくありませんでしたか？」

「え？」

「義父上様から聞いています、義父上様が点てたお茶をなんの屈託もない顔で『美味いって喜んで飲んでいたわ、ハハハハハっ、可愛《かわい》いやつじゃ』っと」

そんなこと、あの織田信長が言うんだね。

「不味くはないですよ、飲みやすいお茶だとは思いますが」

「が、でも、美味しくはない？」

「うっ、うん、はい……」

その普段は何食わぬ顔をしているのに、いざってときに鋭い目つきに変わるのは、はっきり言って怖い。背中がゾクッとする。

でも、その表情は嫌いではない。

「精進します」

そう言って、少しふくれっ面になりながら、少し離れたところに座る茶々《ちゃちゃ》。

物静かだが、実は表情豊か。って、お江《ごう》とお初《はつ》が騒がしいから、茶々が物静かに見えるのかな？

ん？　あれ？　話、一緒に聞くの？　良いの？　織田信長が来たら、退室するのかな？

と、しばらくして、織田信長が入ってきて座った。

「今日は何だ？　常陸」

「その前に御人払《おひとばら》いを」

と、茶々のほうを見た。

「茶々には言ってある。常陸が、この時代の者でないことを、未来の者であることを、だからこそ、この儂《わし》が客分と言うふざけた身分の者に、大名と呼べるだけの褒美を与えて囲っていることを。常陸の話は出来るだけ聞かせてやれ、秘密を共有したほうが夫婦として、より絆《きずな》が深まる」

婚約前に茶々とお市《いち》様には、俺がどのような素性かを織田信長は伝えている。

そのことはわかってはいるが、未来の知識を話して良いのか迷いもあったので、念のため確認した。

「では、未来の話をしますが、よろしいので？」

「夫婦になる者、隠し事は窮屈になるのではないか？」

これは、織田信長の気遣いなのかな？

「茶々、わかっているな。ここでの話は他言無用、話せば、話が広がり、常陸をどうにかして我が物にしようとする者、抹殺しようとする者が出てくる。そうなっては、この織田家にとって、いや、この国にとって損失なのじゃ。だからと言って、嫁にまで黙っていたら常陸が重圧で心を病むかもしれぬ。気鬱の病になってしまうやもしれぬ。だからこそ、茶々が相談役になってほしいのじゃ」

「はい、にわかには信じられない話でしたが、あの義父上様が戦働きをしない者を十万石で雇っているとなれば、信じるしかないと思います」

そりゃあ、屋敷に籠もって、怪しい料理を作っているだけだもん、いくら本能寺から救った命の恩人でも、十万石に、さらには『正四位下参議常陸守《ひたちのかみ》』と言う、かなり上の官位官職は、過ぎたる褒美だもんね。

何かしらの裏があると、誰でも思うと思うよ。

普段から俺の様子を見ている茶々達ならなおのこと。

「実際、信忠《のぶただ》率いる毛利《もうり》攻めの軍は、常陸の考案した新式火縄銃のおかげで、破竹の勢いぞ。このままなら、年内には戦は終わる」

って、始まったばかりのはずでは、と思ったが、飛距離、貫通力、命中力が格段に上がった流線形の弾と、接近戦用散弾銃を効果的に使って進軍しているらしい。

まさに、幕末の戦いのようだ。

幕府軍の旧式の銃や大砲に対して、薩長《さっちょう》側は新式の銃と大砲で戦ったのだから。

でも、毛利が滅びるとなれば、長州もなしルートになるな。

織田信長嫡男の織田信忠も、歴史時代劇番組では、さほど取り上げられることはない脇役、モブキャラだが、実は父親の才能を引き継いだ人物、新しい武器を使いこなしているのだと想像出来た。

「では、話を進めますね」

と、いつも通りに俺の提案事の話を始める。

着物の懐から耐衝撃型スマートフォンを取り出す。

織田信長は前にも手に取り見ているので、さほど気にもしていないが、初めて見る茶々は気になる様子で、離れているところから、じわりじわりと、にじり寄ってきた。

「えっと、これ、見てもらっていいですか？」

と、スマートフォンの画面に宮城県石巻市に復元され木で造られたサン・ファン・バウティスタ号を出して見せた。

「ん？　南蛮の船か？　これがどうした？」

「いや、この船って、俺がいた時代に復元事業で木で造られた船なんですが、そのもとになる船って、伊達政宗《だてまさむね》が作るんですよ。今から約二十年後の1610年くらいの日本で」

「それは、まことか？　伊達政宗とは、先日、登城した輝宗《てるむね》の嫡男だったな？」

「はい、俺が知る時間線では徳川家康《いえやす》が開く幕府で奥州仙台藩六十二万石の大名になったのち海外貿易をするために、使者を乗せる目的で建造するんですよ。日本初、国産西洋式帆船を」

「そうか、日本でも作れるのか？」

画面をじっくり見ながら言う織田信長は、そのことがどことなく嬉《うれ》しいようで、頬を緩ませた。

「うろ覚えなんですがスペイン、イスパニアの船長だか冒険家だかが、監修して作るんですが、信長様なら南蛮人と交流もあるから作れませんか？」

耐衝撃型スマートフォンの画面をまじまじと睨《にら》む織田信長。

「そうか、奉行に南蛮人を雇って、日本の船大工に作らせる。出来なくはないことだな」

「はい、安宅船《あたけぶね》では外海を航行するのには不向き、そこで、この南蛮船を作るんですよ。これに石山本願寺戦に使ったように、鉄板を張って大砲を積めば最強間違いなしです」

最強と言うと、にやりと言葉に反応する織田信長。

「最強か、我が名に相応《ふさわ》しい響きだの」

最強より最恐の気もしないでもないが。

「よし、船大工は水軍奉行・九鬼嘉隆《くきよしたか》にさっそく指示を出そう、南蛮人のほうがいささか困るのだが」

「協力が得られないと？」

「奴《やつ》らは頭が良い。自分たちの利益にならないどころか、害を与えそうな軍船の建造などなかなか協力はしないだろう」

確か、伊達政宗が建造するサン・ファン・バウティスタ号も監修した者が帰るための足を作ると言う理由もあったはず。

自国の船があるなら、わざわざ造船技術を他の国に教えたりは、しないだろう。

ただ、難破して帰る船がなければ、作るしかなく、その造船を監修したイスパニア人も、やむをえずだったのだろう。

「なら、スペイン？　イスパニアとポルトガルとイギリスとの争いを利用しましょう」

「イギリス？」

「あ、すみません、この時代の呼び名、国の名前知らなくて、地球儀ありますか？」

と、言うと、襖《ふすま》の外で走っていく足音が聞こえた。

蘭丸《らんまる》なのだろう、5分もしないうちに届けられた。

不完全ながらも国の形はわかる地図、地球儀を指さし、

「ここの国が台頭します」

と、イギリスを指さした。

「同じキリストを神として崇《あが》めますが、考えの違いから宗教対立が発生します。っと言うか、今まさに争っているはずなんです。そこを利用します。最強無敵艦隊と言われたスペイン艦隊と、この国の艦隊とで大規模な海戦が始まります。小競り合いは始まっているはずです。結果的にはスペイン艦隊が力を失っていきイギリスが台頭します。と、どちらかに持ちかけてはいかがでしょうか？　そこで日本も艦隊を編成して、助力してやる。と、どちらかに持ちかけてはいかがでしょうか？」

大航海時代は、ヨーロッパでは戦いが盛んだ。

各国が勢力圏を広げようとしていたり、相続問題や、宗教対立があったりと、日本に負けないくらいの戦国時代と言っても良いと思う。

その争いが続くからこそ、文化は発展する。

日本は？　と、言うと、戦国時代が終わると戦のない世の中が続くため、軍事力が発展せず、新しい技術も開発されず、国を閉ざしたため、孤立した文化だけが確立される。

それが、江戸幕府。

日本の国力を衰退させた、元凶。

日本独自の文化が出来上がる点では、江戸時代は評価が出来るが。

「またしても小癪《こしゃく》な手を考えるの。よし、後のことは儂が考えよう。常陸《ひたち》は今のことをほかで話すなよ」

「はい、わかっております。一応、信長《のぶなが》様からお金を貰《もら》っているので、他が有益になることなど、言いませんよ。あっ、それと水軍の本拠地として石山本願寺跡に海城を築くことを提案します。この地は信長様も築城を計画されていると思いますが、のちの世では豊臣《とよとみ》秀吉《ひでよし》が『大阪城』と言う巨大な城を築いております。その城下町はのちの世にも続く西日本最大級の都市になりますが、俺的にはそれは勧めたくないのです」

「なぜじゃ？　あのような好立地のところに、街が繁栄してはいけないのか？」

「人の住む、繁栄する街は俺的には、海から少し離れていることをお勧めします。津波の被害を少なくするために」

俺は311を経験している。

俺の故郷、茨城県でも地震の揺れだけでなく、多大な津波の被害を受けている。

体感もし、映像も目に焼き付いている。

研究では、アウターライズ地震による津波の予想や、南海トラフ地震が近未来に起きると言われている。

日本の大都市は太平洋沿岸に集中していることが多い。

平成時代、それをどこかに移すとなるととてつもない費用と労力と時間が必要。

だからこそ、今から造る主要都市は、海から出来るだけ離したい。

密《ひそ》かにそう考えていた。

大阪は俺がいた時代では、大きな台風で大きな高波被害を受けている。

津波は来てはいないが、将来的に予想されている。

予想されている津波の被害だが、ほぼすべてを飲み込むとされている。

大阪城は小高い丘にあるため難を逃れるとされている。

それを知りながら、今から街を発展させるというのは、なんとも違和感でしかない。

俺の未来知識の活用。

それは軍事や政治だけでなく、防災にだって活用出来る。

「津波？」

「はい、地震と連動して起きる津波は街を恐ろしく壊滅させます。すべてを飲み込み海に引き摺《ず》り込みます。ですので、少なくとも主要都市は内陸部がお勧めです」

「なら、その石山本願寺跡に作る海城はどうする？」

「造船所を兼ねて建設したうえで作り、高台になる石山本願寺跡を避難場所として整備するのが理想、商業で繁栄する街としては内陸部に作ったほうが、よろしいかと。奈良とかなら申し分ないかと思います」

「あの地に儂の次の居城をと考えていたのだがな。天下を治めるのに良いと睨んでいたのだが」

「首都としてなら、琵琶湖《びわこ》周辺を一周利用したほうが良いかと思いますが」

「わかった、それは後々、考えよう。誰もわざわざ災害が来るとわかっていながら、街を整備する馬鹿もおらんからな」

「そういえば、豊臣秀吉が関白になった直後、近江《おうみ》周辺で大地震が起きています。長浜城が壊滅的被害にあったのをドラマで見ています」

「ん？　近江にも災害は来るのだな？」

「はい、矛盾しているように聞こえたと思いますが、地震は日本は必ずどこでも起こりうるので避けられない災害です。ですが、津波は来ることがわかっているので、海岸線に大きな街と言うのは避けたほうが良いと思います」

「そうだな。ちなみに地震はなぜに起きるのだ？　ナマズが地下に居るのは本当か？　ナマズが大暴れすると地震が起きるなどと聞くが、そのような大きなナマズが地中に眠っているというのか？」

「ナマズは居ませんよ。あれって、なんであんな伝説があるんでしょうかね？　鹿島神宮の要石で抑えているとか伝説がありますけど。地震は大陸プレート型と断層型が有名です。プレートとは、この地球に何枚もある地下の大きな蜜柑《みかん》の皮みたいなものと思っていただければ……」

俺は懐紙を出し、畳に置き両端を左右の手で押し上げた。

すると中心が盛り上がる。

「かなりざっくりとした説明で言うと、このように左右から押し上げられる力が加わったとき紙が盛り上がるような動きを地下でもしています。大陸プレートと言われ地球の地下には複数あります。日本はその大陸プレートの上にあるので、地震が多いのです」

と、かなりいい加減だが、わかりやすいように説明すると、

「未来でそのように証明されているなら、それが真実なのであろう」

と、織田《おだ》信長は納得してくれた。

「で、正確な日付はわからぬのか？」

「すみません、流石《さすが》にそこまでは。ただ、そんな何十年も先の話ではないですよ。それと日本は地震と津波と火山がワンセットの国、これから地震、津波、火山の噴火が多い時代になります。そう遠くない未来で富士山も噴火しますし、温暖な気候は終わり寒冷化が進

みます」

戦国時代までは温暖であり、江戸時代が繁栄を始め、安定したころになると、寒冷化が進んだ。

そのため、度々飢饉《ききん》が発生して幾万人もの人が亡くなる。

結果的にそれが徳川《とくがわ》幕府の弱体化につながる。

世界的にも17世紀は寒冷でマウンダー極小期と呼ばれる時代。

テムズ川が凍って歩いて渡れたと、文献が残っている。

平成も終わりごろは、やたら気温上昇が叫ばれていたが、温室効果ガスの原因だけではなく、太陽活動のせいだと言う学者も現れ、21世紀は寒冷化になると言っている科学者も多数いた。

俺は、その太陽活動温暖化説の考え支持派だが。

「ん、わかった。考えよう」

そう言って、織田信長は部屋を出ていった。

その話を静かに聞いていた茶々《ちゃちゃ》の目は、ずっと俺の手元に向けられていた。

地震の話よりも興味があるのは、俺の手の中にある物のようだった。

俺のスマートフォンは工事現場の人が好んで使うような、少しごつい耐衝撃型スマートフォンだ。

しかも、大容量のソーラーパネル充電機能があるモバイルバッテリーも持っている。

そのため、満タン充電とまではいかないが、なんとか動き続けている。

主として、カレンダーと時計としてしか使えていないが、写真の入っている思い出箱。

織田信長には、使えぬ物などゴミだと言われた。

確かに、電波が入らなければ使いようがない。

逆に言えば、電波が届くなら世界征服だって出来る知識の箱になるのだが。

そんな耐衝撃型スマートフォンに興味津々なのか、ジリジリとにじり寄ってきて、いつの間にか肩と肩とがぶつかる距離にまで来ていた茶々だった。

「これは、スマートフォンと言って未来の道具なんだ。いろいろなことが出来る万能な器具なんだけど、この時代では電波っていうこの道具を使うための絶対に必要なものがないから、意味が半減どころか役にたっていないんだけどね」

と、説明してみた。

だが、茶々はその説明より今、映りだしている画面が気になる様子で、

「その絵はなんですか？　目に映る景色をそのまま切り取ったものは？」

画面のサン・ファン・バウティスタ号をまじまじと見ていた。

「これは、写真と言って景色を一瞬で記憶させることが出来るんだよ」

と、画面をスクロールして何枚か見せてあげた。

それは、見せてよいものだったのか少し疑問だったが、映し出されたのは仙台の七夕の美しい飾りつけだった。

「これが、常陸様のいた時代なのですか？　綺麗《きれい》で楽しそう。人がいっぱいですね。それに異国の人も」

仙台のアーケード街の風景を見せると茶々は目を輝かせていた。

「ははは、これは七夕のお祭りだから、特別かな。奥州の仙台ってとこの祭りなんだけどね。夏の東北を代表する祭りで、世界からも観光客がくるんだよ」

仙台と名付けるのも、伊達政宗《だてまさむね》が居城を作るときだったはずだから、今は違う名だろうが、地名など、今、見せている写真のインパクトに比べたら取るに足りないくらい気にする必要のないものだろう。

「もっと、もっと見せてください」

と、ぎゅうぎゅう接近してくる茶々。

「あっ、そうだ。茶々、そのままそこに座って。はい、チーズ」

『はい、チーズ』は、写真を撮るときついつい言ってしまう。

その言葉がわからない茶々の、いぶかしげな顔写真を一枚撮って見せると、

「うわ、何です！　私が映っている。まるで鏡のように、これは陰陽の力ですか？」

「これは、陰陽の力ではないよ。この器具の絡繰《からく》りと言うのか機能と言うのか……」

「もっと、もっと見せて下さい」

普段は物静かな茶々だが、珍しく興奮を見せ肩と肩が触れようと気にせず、俺がスクロールする画面を見ていた。

良い匂いがする。

女子特有の甘い香り。

確か、この若い女性の匂い成分って、ラクトンとか言うんだよな？

良い匂いだ。ずっと嗅いでいたい。

ヤバい興奮してしまう。

顔が真っ赤になったのがわかったのか、額に流れ出る汗がわかったのか、鼻息が荒くなったのがわかったのか、パッと離れる茶々。

「失礼しました」

と、顔を真っ赤にして部屋を出て行った。

可愛《かわい》い。

マジかぁ、あれが嫁ってマジ、ヤバいよ。

少ない語彙力、表現力が、ますますなくなってしまうくらい興奮してしまったやん。

天主の外を望むためのベランダ、高欄付き回《まわ》り縁《えん》に出て風に当たり、火照ってしまった身も心も冷ました。

「御主人様、御身が火照っているなら、私がお相手いたしますが」

と、ぶっ飛んだことを力丸《りきまる》が襖《ふすま》の陰から覗《のぞ》いて言っていた。

「ごふっ、ゴホゴホゴホ、必要ないから」

力丸の一言で興奮していた体の一部分は鎮火した。

ほっ。

俺は衆道の趣味はない。

俺の人生にＢＬルートは、ない。

絶対に。

《織田信長《のぶなが》視点》

面白い、面白いぞ常陸《ひたち》。

そうか、日本でも大海を渡る船は造れるのか。

儂《わし》は見てみたい。

世界を、世界中を見てみたい。

日本は儂の好奇心を満たすのには、ちっぽけだ。

世界は広い。

髪や目の色、肌の色が違う人々、どのように生活しているのか見てみたい。

我が国より進んだ文化を見て取り入れ、日本を豊かにしたい。

ちっぽけな国でいつまでも同じ民族が争っていることなど、くだらん。

早く天下を治め、大海を渡るぞ。

しかし、あの絡繰り箱、ゴミだと馬鹿にしたが、なかなか面白いものよなあ、未来の人間は凄《すご》い物を作るものだ。

想像を遥《はる》かに超える物を作る。

未来……この目で見られるものなら見てみたい。

◇◆◇◆◇

地球儀、織田信長は南蛮の宣教師からか、南蛮との交易品なのかで持っている。

だが、その地球儀は不完全すぎる。

日本列島も、まともな形をしていない。

俺は地図が好きだったので、大陸の形や島々の形、位置はよく覚えている。

日本地図ならほぼ正確に描ける。

天下を日本を治めようとしている織田信長にそれを献上しよう。

給金をいっぱい貰《もら》っているのだから、そのくらいのことはするか。

ほぼ正確な地球儀を作るには、少々時間が必要だが、まずメルカトル図法で平面にした地球全体の地図と、日本列島の地図を描き、力丸を通して献上すると、織田信長は大層喜んだ。

天主の壁に狩野《かのう》派の絵師に命じ、写しを描かせた。

地球儀も一ヶ月ほど掛けて作り献上すると、褒美だと言って、太刀が貰えた。

地球儀は名刀・正宗に値する物として信長は評価してくれた。

俺の知識を評価してくれる織田信長って、経営者で譬《たと》えると、案外、ホワイトなのかもしれない。

◇◆◇◆◇

茶々との婚約の内定は、城内や城下でも話題になっていた。

そうなると、俺に近づこうとする来客が増える。

不本意だが、それが今、一番、織田信長に可愛がられていると、噂《うわさ》されるのは俺なのだからしかたがない。

今は中国毛利《もうり》攻めと、四国長《ちょうそ》宗我部《かべ》にも出兵されているので、安土《あづち》城の大名屋敷には、主《あるじ》の姿は少なく、その妻子達《たち》がいる。

その妻子達が進物を持って挨拶に来る。

俺は、はっきり言ってまだ子供、高校三年生の年齢だ。

そんな俺が、お偉いさんの挨拶に対応など困惑と緊張とでかたっくるしくて仕方がない。

この時代、屋敷の主が不在のとき、その妻は名代となる。

屋敷に残った家臣に指示を出したりするぐらい、意外に権力がある。

妻子達は、出兵した者が裏切らぬよう、人質として安土の大名屋敷にいるわけだが、それはそれで別の話となる。

井戸端会議や女子会ではないが、大名家臣の妻同士の付き合いが作られ、大名同士が仲良くなったりする。

一説には、前田利家《まえだとしいえ》は妻が羽柴秀吉《はしばひでよし》の妻のおねと仲が良かったため、一度は敵になるものの、それはなかったかのように許され、前田利家は、豊臣《とよとみ》政権では徳川家康《いえやす》と並ぶ地位にまで上り詰めた。

平成の男女共同参画基本計画・男女雇用機会均等法などとは比べ物にならないくらい、女性の地位は高い。

邪険に扱うことも出来ず、一人一人丁寧に対面した。

一日に数人から、段々と増えて今や数十人の行列が出来はじめた。

うちには、それに対応出来る人材はいない。

森《もり》力丸も柳生宗矩《やぎゅうむねのり》も若すぎて、一番年長の前田慶次《けいじ》は逃げていった。

慶次、頼むよぉ。

慶次が逃げたなら、頼るは隣の屋敷に住む前田利家の妻、松《まつ》様。

柳生宗矩に、松様に助けを呼びに行ってもらうと、快く来てくれた。

「このくらいの来客で音をあげていたら、茶々様の夫は務まりませんよ」

「って、言われても、これはどうさばいていいやら、年長の慶次は逃げていったし」

「慶次が逃げた？　女郎屋にでも行きましたか？　全く仕方ないですね、親戚になるのですから手伝ってあげます」

そう松様は言ってくれた。

ん？　親戚？　ん？

「えっと、親戚とは？」

と、首をかしげながら聞くと、

「あれ？　知りませんでしたか？　我が前田家の嫡男、利長《としなが》の嫁は上様の姫、永《えい》と申します」

「お永様？」

「様、なんて付けなくても、まだ十歳にもならない姫ですよ。その永と茶々《ちゃちゃ》様は義姉妹になるのですから、常陸様は利長とは義兄弟になります。よろしくしてあげてくださいね」

織田《おだ》信長の娘の永と義姉妹になる。

その夫となれば、妻の義理兄は俺の義理兄になるけど、永は茶々より年下だから妹？

ん？　永の下に茶々が義理の養女になるのだから姉？

とにかく義理の姉妹で、その夫が前田利家の息子の利長なら、遠い遠い縁でも縁者？

義理義理兄？　義々兄？

平成でも田舎には残る、親戚の親戚はみんな親戚、って、一昔前の『友達の友達はみんな友達』みたいな考え、そんなことばかり習慣で残るから、顔も大して知らないのに、新聞の葬式欄に名前が載ると『葬式が～』って、祖父母が騒いでいたのを思い出すよ。

その元祖？　戦国時代特有の縁続き、来たよ、これ。

「義理の兄上の母上様が松様になるわけですか？」

「今、深々と意識だけどこかに飛ばして考え込んでいましたね？　話の途中で禅でもしてましたか？　兎《と》に角《かく》、深く考えずに縁者になりますから、よろしくお願いいたします。さて、お市《いち》様にも頼まれてますから、挨拶衆は私が対応してさしあげます」

と、言って表玄関に松様は座り込み、挨拶に来た者の名前を帳面に記帳していた。

どうやら俺は、会わなくても良いらしくなった。

俺が織田信長に会うのに、予約をしているように、俺に会うためにも本来は予約をするのが礼儀らしく、面会を断って良いそうだ。

それを次々と会っていたから、他の者達もおくれを取ってなるものかっ！　と、挨拶に殺到したそうだ。

松様にはカツカレーを作って御馳走《ごちそう》してあげよう。

梅子《うめこ》に今井宗久《いまいそうきゅう》のもとに豚を買いに走らせると、大きな黒豚に前田慶次が乗って帰ってきた。

玄関に松様が鎮座しているとも知らずに。

当然の如《ごと》く前田慶次は、松様にケツ箒《ぼうき》の刑になった。

四十過ぎのおっさん何してるのよ……。
なんで、松様には頭があがらないのだろう？
不思議だ。
って、俺も何気に人のことは言えない。
お市様、松様と心の声でも呼んでしまっている。
……あの年代の女性はなぜか、威圧感がある。
母親感があるからだろうか？
それが戦国大名の奥さんだと、さらに倍増している気がする。
茶々もあんな風になったら怖いな。
ならないことを祈ろうって、なるのか？
大坂の陣で、気丈に振る舞っていたらしいし。
将来が怖いな。
尻に敷かれる……かな？

《梅子視点》

御主人様、申し訳ないです。
私たちでは身分不相応なのです。

挨拶に来られた方々は、重臣の奥方や家臣、私ではだめなのです。

「姉様、早く御主人様のお情けを貰って側室になりましょう。そうすれば、名代としても務まります」


大好きな御主人様の役に立ちたく、姉様と相談すると、

「梅子、そうは言っても御主人様は、お優しいせいなのか、それとも女子《おなご》に興味がないのか抱こうとはしませんし」

「姉様、御主人様は女子に興味がないわけではないのです。なんなら、私が抱かれます」

「桃子《ももこ》、待ちなさい。御主人様は年齢を気にされています。私が折を見て迫ってみます」

「姉様、私たちの誰かが抱かれて、御主人様のお情けをいただければ、もうあんな暮らしには戻らなくて済みます」

「もちろんわかっているわ。だけど、こう言うのは間が大切と思うの。だから、私に任せなさい」

「姉様がそう言うなら」

私はもっと率先的に御主人様の側室になるために行動しようと決めました。

《前田松視点》

みんな常陸様に取り入りたいのね。

わかる、度々見ている近くの私ですら、出世する人だと思うのだから、噂は尾ひれが付いて広まる。

そうなれば、我先にと挨拶に来る。

ただ、本人は嫌がっているみたいだけれど。

うちは幸いなことに甥《おい》の慶次を家臣に送った。

すぐに御役《おやく》御免が言われるかと思いきや、常陸《ひたち》様は慶次を、遊び人だけど仕事はしていると評価して、気に入ってくれている。

だけど、それだけでは……。

今日も子供達は常陸様邸からの鶏の迷惑料だと言って届けられた、唐揚げを喜んで食べている……。

うちの娘達……あっ、千世《ちよ》はまだ嫁ぎ先は決まっていない。

そうよ、千世を常陸様に嫁がせれば良いのよ。

利家様にお許しいただけるよう手紙を書かなくては。

《前田利家視点》

松からの手紙？　安土でなにかあったか？

ん？　千世を黒坂常陸守《くろさかひたちのかみ》殿の側室に差し出したい？

おいおい、千世はまだ四歳だぞ、なにを考えているんだ、松は。

……ん～だが、黒坂常陸守殿か……。

この毛利攻めの火縄銃を作った男。

並々ならぬ頭脳を隠し持っているからこそ、上様は囲っているのか？

慶次は一見軽い男に見えるが、仕えている主人のことを話すようなこともないから、全容がわからぬ。

だが、何か儂《わし》らが知らぬ秘密を持っている。

その秘密、力……。

当家に刃を向けられぬよう手だけは打っておくか。

あの松が認めるのだから、その価値はあるはず。

よし、千世の側室の話を進めさせよう。

◇◆◇◆◇

外は俺への挨拶の行列が続いていた。

織田信長《のぶなが》家臣団の妻や留守を預かる家老などが次々と押し寄せてくる中、表玄関では前田利家の妻の松様が、親戚になる誼《よしみ》ですと言って対応に当たってくれていた。

そんな中、俺はカレーを作り始める。

スパイスは調合済みのを備蓄してあるので実際作るのは桜子《さくらこ》達である。

尻を「痛い痛い」と、押さえながら屋敷の裏庭で乗ってきた黒豚を槍《やり》で一突きにしている前田慶次。

遊び人だが腕は確かで、豚は最後、断末魔の一声だけ鳴いて極楽へと旅立つ。

今日の黒豚は、今井宗久が琉球《りゅうきゅう》から仕入れていたらしい。

なんか、俺が食べたいだろう、欲しいだろうと予見していたらしい。流石《さすが》商売人。

いつもよりも二回りくらい大きな黒豚なのだが、慶次は尻の痛みをこらえながらも一突きで絞めた。

ブヒーーーーーーーーーーーーー

豚、鳴き声以外、全部食べるという言葉は伊達《だて》ではないな。

その断末魔の声は当然、外の並んでいる来客にも聞こえると、名前の記帳だけでなく直接俺に会いたいとしつこく頼んでいた客もいたらしいが、そそくさと帰っていったそうだ。

慶次、これって怪我《けが》の功名ってやつだね。

黒豚は解体され、今日は、とんかつと、カレーを両方作ってカツカレーだ。

料理を説明すると手際よく桜子、梅子、桃子は料理を始めたので俺は台所の隅で壁にもたれかかるようにして、ウトウトしていた。

「御主人様、起きてください」

と、宗矩《むねのり》が起こしに来た。

「ん？　どうした？」

「はい、来客の中に、真田安房守殿《さなだあわのかみ》がおいでで、お知らせしたほうが良いかと思いまして」

「真田安房守昌幸《まさゆき》？」

「はい」

おぉぉぉぉお、久々にビッグネーム登場だよ。

「だったら、広間に御通しして」

と、言って眠気顔の俺は、梅子が汲《く》んできてくれた盥《たらい》の水で顔を洗ってから大広間に入ると、草苅《くさかり》さん？　ダンディーなオジサンと力丸《りきまる》と同じ年くらいの青年が頭を下げて座っていた。

上座に腰を下ろす俺、このルール、習慣も馴染《なじ》んできた。

「黒坂常陸守真琴《まこと》です。頭を上げてどうか楽にしてください」

と言うと、二人は頭を上げる。

「真田安房守昌幸にございます。本日は婚約のお祝いにと来た次第にございます」

と、言って青年が獣の皮の束を前に差し出した。

「熊五頭、狼《おおかみ》八頭の毛皮にございます。そして、我が息子も進呈いたしたく」

と、青年は再び頭を畳にこすれんばかりに下げていた。

「顔は上げていてください。そういうの苦手なもので、すみません」

と、顔を再び上げる青年。堺《さかい》さん？

「源二郎信繁《げんじろうのぶしげ》と申します。何なりとお申し付けください」

「キターーーーーーー、真田幸村《ゆきむら》ーーーー」

と、大声を出してしまうと、力丸が咳払《せきばら》いでかき消した。

戦国末期オールスター戦家臣ルート、終わってはいなかったのね。

真田源二郎信繁、平成では『真田幸村』として有名だ。

「えっと、信長様からの命ですね？」

「はい、息子を常陸様の近習として差し出せと」

「えっと、給金は？」

「なんでも、常陸様が出すわけではなく、上様が出すとのことで、破格の給金をいただくことになっています」

俺、今十万石どりの大名クラスなんだけど、これ自分だけで使えるのってすごいよね。

恩賞とか考えなくて済むのは助かる。

「なら、よろしくお願いします。仕事は力丸に聞いてください。森《もり》力丸が一応、俺の家臣の長になっていますので」

「おや、前田《まえだ》殿ではないのですか？　玄関にも前田利家《としいえ》様の奥方がお座りだったので、てっきり前田慶次《けいじ》殿が家臣の長だと思っておりましたが」

そりゃそうだ。

力丸はまだ十六歳、慶次は四十過ぎのおっさんだもん。

「えぇ、上様の側近でもありますから」

と、なんとかごまかしてみた。

単純に、この屋敷では力丸しか知らない秘密があるからこそ、力丸が一番なのだから。

「今、昼飯を作っている最中で、もうすぐ出来ますから一緒にどうですか？」

と、昌幸を誘うと断るにも屋敷中に広がるスパイスの香りが気になるらしく。

「御相伴にあずかります」

と、言った。

すぐに膳の上にカツカレーが、九谷焼の平たい皿に盛られて出てきた。

豚汁付きカツカレー定食。

銀の匙《さじ》、スプーンは大量購入してあり、朱塗りの一人用膳に置かれている。

見たこともない外見に戸惑っている様子の二人、俺が先に食べてみせると、腹をくくったのか一口運んだ。

「ん、美味《うま》い、これは薬膳料理ですか？　いろいろな薬草が煮込んでありますね」

「はい、そのようなものです。このご飯にかかっている汁は、カレーと言う異国の薬膳料理で、そのわきの小麦色のサクサクした食感の物は豚肉を油で揚げた物にございます」

「いやはやいやはや、これは精の付く食べ物、この昌幸、寿命が十年延び申した」

と、昌幸と幸村は満足げに食べていた。

口に合ってよかった。

って、真田源二郎信繁も仲間に加わった。

絶対、宝の持ち腐れになるよ、これ。

松《まつ》様も別室で、みんなとカツカレーを食べたらしく、

「このような御馳走《ごちそう》を食べさせていただけるならいつでも呼んでください」

と、言って帰っていったらしい。

◇◆◇◆◇

真田源二郎信繁……しっくりこない。

かなり勝手だが、俺が知る名前はやはり『幸村』だ。

確か史実は、幸村より信繁と書いた書状や歴史書が多く残っており、幸村の名が定着するのは実は、本人が死んだ後だったはずだ。

それでも俺は『幸村』と、呼びたい。

「信繁、俺は君のことを『幸村』と呼びたい」

と、言うと、

「え？　改名にございますか？」

と、聞いてきた。

主君が家臣に名前をあげると言うことは、この時代、よくある話。

「そうだ。今日からは真田幸村信繁と名乗れ」

「はっ、仰せのままに」

真田幸村の改名を無理矢理させてしまった。

良いのだろうか？　と、迷いつつも、『幸村』と呼びたい欲求のほうが強かった。

ごめんなさい。

この時代、改名は珍しくもなく受け入れてくれる幸村。

そう言えば、俺は武将の名前は有名なほうで勝手に呼んでいるが、いろいろ制約があるんだったよな。

確か本名では呼ばず、通称や官位で呼ばないとならないのだが……。

だから、皆、俺のことを『常陸殿』『常陸守殿』などと、呼ぶ。

最初に織田《おだ》信長と交わした契約書にある『無礼の許し』の効力なのだろうか？

あまり深く考えるのは止《や》めておこう。

◇　◆　◇　◆　◇

「でぇ根いらんかえ～、でぇ根いらんかえ～」

と、俺が縁側でくつろいでいると、背中に大きな籠をしょった一人の老婆が庭に入ってきた。

「あんちゃんは、ここの殿さまかぇ？」

ん？　入れるのか？　あれ？　うちの警護は？

「ええ、そうですけど、大根なら裏の台所に回って聞いてみて下さい。献立は決まってなかったら買ってくれるはずですよ」

「いや～あんちゃんがここの殿様なら、このでぇ根、全部あげっから、なに精魂込めて作った、でぇ根だ。美味いぞ～」

と、太い大根を縁側に並べだしてしまった。

「いや、貰《もら》うわけには。ちゃんとお金は払いますから」

この時代に押し売りに近いような物売り、いたの？　しかも、ここって一応安土《あづち》城内だから、物売りが勝手には入れないはず。

しかも、うちでは隣の前田利家邸から門番が来ているというのに。と、困惑していると、

「でぇ根の代金はいらん。ただ、うちの阿呆《あほう》もよろしくしてくれっぺよ。利家さんとばっか仲良くしねぇで、うちの息子もよろしく頼むだ」

「息子？」

「んだ、ほら猿によく似た息子だ。猿顔だ」

……？　猿に似た人？

「あっ、羽柴秀吉《はしばひでよし》！」

「んだ、うちの秀吉とも、仲良くしてやってけろ」

「別に依怙《えこ》贔屓《ひいき》しているわけでは、ないんですから」

俺は羽柴秀吉を警戒している。

そのため、城で会っても話さないようにしている。

羽柴秀吉は間違いなく頭が良い。

いや、頭だけでなく勘も良い。

そして、野心も強い。

そんな人物と仲良くなれば、利用されかねない。

だからこそ、俺からは距離を取っている。

その点、前田利家は竹を割ったような真っ直《す》ぐな性格の武人、仲良くなっても利用しようとする裏心はなさそう。

前田松様からそう感じられる。

「うんや、うちの秀吉も家臣をこちらにおくっぺとしたら、上様に止められたっぺよ」

ん？　誰をよこそうとしたのだろうと気がかりだが、それより引き取ってもらわなければ。

「確か、なかさんでしたよね？　お帰り下さい」

「あんれ、あんちゃんはわしの名前なぜに知ってんだ？」

う、やってしまった。

大河ドラマで度々出てきていたから覚えてしまっていた。

「うっううううう」

と、言葉に詰まると、門番が前田松様を呼んできてくれていた。

門を通れたのは「羽柴秀吉の母だ」って名のったからだそうだ。

「あら、本当になか様だわ。常陸《ひたち》様はお疲れなんですから、困らせないであげて下さい」

「なんだ、こんな早く見つかっちまったか。しかたねぇな、松様にも一本でぇ根あげるから、あんちゃんにうちの息子もよろしくって頼んでくんれ」

「はいはい、常陸様は人を蹴落としたりするような方ではないですから大丈夫ですよ。帰りましょうね」

と、羽柴秀吉の母親を半ば強引に門へと連れて行ってくれた。

羽柴秀吉……。

俺は警戒しているが、一度ちゃんと腹を割って話してみるか。

利家同席ならなんとかなるだろう。

と、思いながら置いていった大根には罪はないので、ふろふき大根にして貰い、夕飯に食べた。

このあとかなり強引な野菜の進物は、しばらく続くこととなった。

俺と茶々《ちゃちゃ》の婚礼の日取りは、まだ決まっていない。

しかし、婚約が発表されると同時に茶々は織田信長《のぶなが》の養女になった。

そのおかげで来客が数日続いたが、前田利家の妻の松様の活躍もあって一週間もすると落ち着きを取り戻し、いつもの生活にと戻っていた。

基本的に俺は屋敷の外には出ないので、他人様《ひとさま》の態度が、どう変わっているかもわかりはしないし、特段興味もない。

朝ご飯を食べ、天気のいい日は庭で家臣達《たち》と剣術の鍛錬をし、軽い昼ご飯を食べては、のんびり過ごしている。

この時代、一日二食が一般的らしいが、うちの屋敷は三食だ。

二食だとお腹《なか》が空《す》く。

井之頭《いのがしら》なにがしと言うダンディーな輸入家具販売業のおじさんのように空を見上げて、「腹が減った」と、言いたくなってしまう。

それでも昼は、かなり軽めで作り置きの餅を焼き、味噌《みそ》を塗って食べたり、誰かが安土の街中で仕入れてきたパンを食べたりするくらいだった。

基本的にうちの食事は特に夕食が豪華で肉食、鶏が多い。

鶏は養鶏所かってくらいの数を庭で飼っている。

その鶏肉《とりにく》を食べて、鍛錬をする日々。

と、なると、自然と力丸《りきまる》、慶次《けいじ》、宗矩《むねのり》、幸村《ゆきむら》の体形は筋肉ムキムキになっていった。

日々の稽古と良質のタンパク質……筋肉は嘘《うそ》をつかない?

うちの家臣、結構、強い軍になる?

ん? ならいっそのこと、家臣達に筋トレを教え込んでマッチョ家臣団を作るか?

想像すると、むさ苦しい軍が想像出来たので、それは保留にしよう。

今までなら、浅井《あざい》三姉妹の茶々、お初《はつ》、お江《ごう》が遊びに来るのだが、婚礼の準備があるとかで、ここ数日は来ていなかった。

いつものように過ごす日々は、いつのまにか夕方は秋風が涼しい季節に変わっていた。

今年の夏は人生最大の決断事があったせいか、過ぎるのを早く感じた。

日が落ちるのも早くなる。

秋の夕暮れは釣瓶《つるべ》落とし。

夜になれば特にすることもないので、夕食を食べて風呂に入って寝る。

それが一般的な生活だ。

いや、風呂が自宅にあるってのは、かなり贅沢《ぜいたく》な生活らしい。

慶次は夜になると飲みに出掛けるらしく、朝帰りは当たり前だが、慶次の家臣の忍び衆が、夜の屋敷の警護はちゃんとしているので文句はない。

俺は、自室で布団に包《くる》まる。

そう言えば、前田《まえだ》慶次の家臣も忍び、柳生《やぎゅう》宗矩の家臣も裏柳生の忍びの家臣、そして、真田《さなだ》幸村にも戸隠《とがくし》の忍びの家臣がいる。

俺の家臣の家臣……忍びだらけになっているような気がする。

そんなどうでも良いことを考えながら、浅い眠りに入り始めた頃、

スーーーーーーー。

襖《ふすま》の開け閉めの音が静かに聞こえた。

ん？　誰か入ってきた。

緊張が走り、すぐ手の届く枕元に念のために置いてある小太刀に手を伸ばすと。

「御主人様、私です」

と、聞き慣れた声がした。

廊下の障子から漏れる月明かりが、女性特有のボンキュッボンのシルエットを薄影色《うすかげいろ》で映し出していた。

少し幻想的にも見えるが、それは着物を着ていないことがわかる影の形。

着物を着ているなら、そのような女性特有の影にならないからだ。

「桜子《さくらこ》、どうした？」

「恥をかかせないでください」

と、言って俺の寝ている布団に入ってきた。

えっえっえっえーーーーーーーー。

なにをどうしろというの？　据えられた膳ってこういうこと？

俺、童貞なんですけど、なにこのシチュエーション。

「お情けをいただけませんか？」

落ち着け俺、今のこの状況は何なのか把握しなければ。

「夜伽《よとぎ》はしないで良いって、初めに言ったよね？」

「はい、聞きました。でも、御主人様のお種が欲しくて」

すげーーーーー。

この時代の女性、「精子ください」って言うのかよ。

平成なら夫婦じゃなかったら変態さんだよ。痴女だよ。

「なんで、こうなったーーーーー」

思わず声に出してしまった。

その声にビクンッと驚きの反応をする桜子の動きを感じた。

「いや、ごめん」

と、言うと、

「私では嫌ですか？」

と、暗いながらも漏れる月明かりで、悲しげな表情をしているのがわかった。

嫌なんかではない。

むしろ、桜子は可愛《かわい》い。

しかも、肉食生活&日々の、この時代の重労働の家事仕事をこなしているせいか、引き締まりながらも胸と尻は大きめで、女性特有の体つき、顔だって平たい顔の平たい顔族より、少し凹凸のある、平成でも通用するかのような美少女顔。

文句のつけようがない。

俺の下半身は正直に反応しているし。

富士山ハッスル……ごめんなさい。俺の下半身、筑波山《つくばさん》レベルです。

「その、なんでこうしているのかわけがあるでしょ?」

俺は、なんていうことを女性に聞いているのだ。

これで『好きだからです』などと答えられたら、本当に申し訳ない質問をしている気がする。

「側室になれば、ずっとここに置いていただけるかなと、思いまして」

「ん?」

「ですから、茶々様が輿入《こしい》れされるのですよね? そしたら私達お払い箱になるかなって」

なるほど、そういうことか。

正室を迎えるとなると、その家臣も付いてくる。

茶々クラスなら、それは結構な人数の侍女も連れてくる。

それを危惧しているというわけか？

「茶々と結婚しても君たちは、家で働いてもらうつもりだよ」

「本当ですか？」

「だって、あの料理を作りこなせるのは、桜子達だけだもん。今更ほかにわざわざ教え込むのも馬鹿らしいじゃん。なんで可愛くて働き者の桜子達を手放すの？」

「ありがとうございます。ありがとうございます」

と、布団の端を持って顔を隠しながら泣いているのがわかった。

俺は桜子に背中を向けて、横になった。

「安心したかい？」

「はい」

「だったら、俺は今から目を閉じるから、見ていないから、その間に……」

……その間に部屋から出て行きなって、言おうとしたところで桜子が背中にぴったりとくっついてきた。

ぬほーーーーーーーーーー。

ヤバいヤバいヤバい。

何この柔らかな感触。

俺の下半身、一切刺激されていないのに、爆発寸前だよ。

童貞には刺激強すぎるよ。

「あのぉ、桜子？」

「はい？」

「見ていないから、その間に部屋から出て行きなさい。って、言おうと思ったんだけど」

「私は側室になる覚悟を持って御寝所に入りました。恥をかかせないでください」

「そういうことは好きな人とするべきだよ。桜子」

「はい、そう思います。だからお情けをいただけませんか？」

凄《すご》い超ド級の告白やん。

なにこれ。マジかぁぁぁ。

でも、俺は婚礼前。

このまま童貞で結婚したい。

童貞が持つ純粋な夢。

童貞と処女が結婚したい夢。

「今は抱けない」

と、答えた。

下半身は暴れん坊将軍になりたいと叫んでいるのだが。

「『今は』ってことは、茶々様のお許しがあれば側室にしても良いとのことですか？」

桜子は耳元でそうささやいてきた。

まるで誘惑悪魔の囁《ささや》きのようだ。

ゾクゾクする。

これ以上、俺を刺激しないでくれよ。

ほとばしる青春の欲望を頑張って抑えているんだから。

心頭滅却すれば火もまた涼しい。

いやいやいやいやいや、いくら違うことを考えたって収まらないから。

首を激しく縦に振った。

「うん、そうだから、今日は自室に戻って、ね。兎《と》に角《かく》、この屋敷から追い出すことは絶対にないから」

と、叫んでしまった。

と、廊下の障子に人影が。

「御主人様いかがなさいました」

と、宗矩の声が聞こえた。

「何でもないよ、何でもないから大丈夫だから」

と、障子の向こうの宗矩に答えた。

桜子は、ひっそりと息を押し殺していた。

まだ十二歳の宗矩に、今の状況は見せられない。

刺激が強すぎる。

「わかりました」
と、そっと離れる桜子。
ちょっとだけ惜しい感じもする。
ちょっとだけか？
いやいやいや、すげー惜しい感じがするが我慢だ、自分。
保ってきた夢の実現がもうすぐなんだ。
ここで欲望に負けてしまうわけには行かない。
目をぎゅっとつぶり必死に堪える。
布団から出て行く桜子。

スーーーーーーーー。

と、襖を閉める音が聞こえた。
くわ〜〜〜〜〜〜〜。
興奮して眠れないやんけーーーーー。
ほとばしる興奮を一人で収めて、出して、なんとか眠りについた。
翌朝、桜子は何食わぬいつもの顔で、朝ごはんの支度をしていた。
この時代の女性、強すぎだろ、メンタル。

平成のメン●リストと勝負したら勝つのは絶対に桜子だろう。

《梅子《うめこ》視点》

「姉様、昨夜は御主人様に？」

と、私は恐る恐るというか好奇心から聞いてしまった。

すると姉様は首を振った。

「梅子、抱いては貰《もら》えませんでした」

「え？　姉様のそのお体で魅了することは出来なかったのですか？」

「いえ、体は正直でしたが、やはり御主人様は女性には真面目に接するのがわかりました」

「で、でも、これじゃぁ、私たちが……わかりました。今夜、桃子《ももこ》と一緒に」

と、言うと、桃子は顔を真っ赤にしながらも、

「うん」

と、頷《うなず》いた。

「待ちなさい。言質はいただきました」

「言質？」

「はい、茶々《ちゃちゃ》様のお許しがあれば、側室にしていただけると。もし、側室になれなくても、

どこぞに売ったり手放したりしないと約束してくれました。ですから、私達《たち》は今まで通り働くのです。御主人様の胃袋の紐《ひも》をがっちりと摑《つか》み続けるのです。そうすれば大丈夫」

「姉様がそう言うなら」

夜、忍び込むのは一旦考え直そう。

だけど、私達の行き場を確固たるものにしなくては、姉妹そろって生活出来なくなる可能性と、大好きな御主人様の子を産めない可能性が。

茶々様次第？

茶々様に取り入るのは難しそう……。

なら、お江《ごう》様なら。

お江様に取り入り気に入られれば……。

◇◆◇◆◇

「明日は中秋の名月だね。お団子と、すすきをお供えしたいのだけど良いかな？」

と、桜子《さくらこ》達に仕事を頼むと、

「はい、作らせていただきます」

と、米粉で団子を作り始める。

桜子達、美少女三姉妹……。

美少女が素手で団子を丸めている。

美少女が作る団子……。

美少女団子。

さぞかし美味《うま》いだろう。

納豆も、桜子達が抱いて発酵させているためか、特別な見えない味を感じる。

団子もまた……。

「あっ、桜子ちゃん達、お団子作ってる～。おやつ？」

と、お江。

「お江様、お月様にお供えする、お団子でございますよ」

「え～マコ～食べないの？」

「相変わらずだな、お江。もったいないし、次の日には小豆汁に入れて、お汁粉をみんなで食べような」

「お汁粉、お汁粉、お汁粉」

と、お江は鼻歌交じりで喜んでしまった。

うん、月も愛《め》でような。

次の日、珍しく夜までいる茶々達とともに月見をする。

屋敷の縁側に、団子とすすきをお供えして見る中秋の名月。

そう言えばなぜにすすきなのだろうか？

食べ物である団子をお供えするのは、良しとしても、すすきを飾るってのは不思議だ。

秋なら菊も咲くからお供えなら菊のほうが華やかで良いような気もするが。

そんなことはひとまず措《お》いておき、澄んだ空に輝く月を皆で愛でていると、茶々が小声で、

「真琴《まこと》様、月には兎《うさぎ》は居るのですか？」

と、なんとも可愛《かわい》らしい質問をしてきた。

居ると答えてはあげたいものの、嘘《うそ》はつきたくはない。

平成では、月に生命は確認されていない。

アポロ計画で、映し出された月の表面は、岩石の無機質な地表。

夢のない世界だ。

詩人なら良い答えを出せるのだろうが、残念なことに詩人ではない。

「居ないよ。生き物が住める環境ではないから」

と、茶々に教えると、茶々はどことなく不機嫌になり、

「夢を壊さないで下さい」

と、怒ってしまった。

サンタクロースを信じている人に、『いないよ』と、言ってしまった大人のような気持ちになってしまう。

このようなときは、なんと返せば良いのだろうか？

サンタクロースなら、『グリーンランドの協会が公認しているサンタクロースがいるんだよ』って、自分の子に教えると言うことを妄想していたこともあるが。

だいたい、月に生命がいるなら、グレーと呼ばれる宇宙人が似合うと勝手に思っている。

そうなると、かぐや姫はグレー型宇宙人が十二単《じゆうにひとえ》を着ているのか？

絶対に可愛くないな。

夢を壊さない良い答えを考えるのは難しいな。

『月面に　居れば良いのに　かぐや様』

そんな俳句を考えながら、月を愛でていると、お初《はつ》の横顔をふと見ると、月明かりに照らされた顔は、一枚の絵画のような美しさを醸し出していた。

澄んだ瞳に映る月。

純粋に綺麗《きれい》に感じ見とれていると、俺の視線に気がついたお初は、

「なに、じろじろ見ているのよ。うりゃ〜」

と、蹴られてしまった。

お初……難しいお年頃のようだ。

その脇でお江は、お団子をじっと見ていた。

「お江、誰も盗み食いはしないから月を愛でような」

と、言うと、

「えへへへへ」

と、笑っていた。

月より団子とは、まさにお江のためにあるような言葉だな。

次の日、少々乾いたお団子を、小豆を煮た汁に入れて、みんなでおやつにした。

秋風が吹き始め、多くの赤とんぼが群れをなして飛び始めたころ、俺は安土城《あづち》天主に呼び出された。

正門を入ると、茶々が出迎えてくれ天主最上階に案内してくれた。

すると、今日も一服の茶が点《た》てられた。

薄ピンクの薄い作りの綺麗な茶碗《ちゃわん》、まだ十四歳の茶々によく似あっている。

そこに緑色の泡がきめ細かくふっくらとしていた。

口に入れると、以前より格段に美味《おい》しくなっていた。

「あっ、美味しい」

と、口に出すと茶々は、下を向いて少しにんまりしている様子だった。

練習したんだろうね。

でも、もう少し濃くても良いかな。

それと、涼しいから熱いほうが良い。

織田信長《おだのぶなが》が点てる茶は、その絶妙な加減が上手《うま》いのだが、茶々はまだまだお子ちゃま。

濃いお茶、気温に合った熱さを求めるのは、ナンセンスな気がするので、それは言わないでおこう。

茶を飲み終わると、織田信長が入ってきて座った。

俺と対面するように座り、そこに蘭丸《らんまる》が地図を広げた。

琵琶湖《びわこ》沿岸一帯を書いた地図、近江《おうみ》、滋賀県。

織田信長が腰の鉄扇を出し、地図を指した。

「ここの、城主となれ」

「はい？」

「馬鹿か？」

俺、織田信長に何回『馬鹿か？』って言われているのだろう。

「同じことを何度も言わすな。ここに破却した坂本城から流用して、今、築いている大津城がある。そこの城主を常陸《ひたち》に命じる」

「城主ってのが先《ま》ずは驚いてはいるんですが、ここって、京都と安土を結ぶ要所じゃないですか？　こんなすごい所を俺に？」

「一門衆ぞ、常陸は。そのような者が、この地の城主、悪くないであろう」

織田信長が指し示した土地は、安土と京都の間の土地。平成でも発展していて、京都まで電車で30分ほどの距離だから、観光客も宿を大津市内に取ったりしている。

京都市内よりは安く、部屋も広かったり、眺めは琵琶湖で良かったりもする。

確か関ヶ原の合戦でも、大津城では重要な戦いが起きていたのではなかったかな？

かなり重要な拠点だ。

「信長様、俺を信用しすぎていませんか？」

「はははははっ、誰も信用などしないわ。しかし、常陸、お主は野心がない。だからこそだ」

バレているのね。

確かに未来の知識を活用して、自ら日本国統一をするなど考えていない。

織田信長が死んだとしたら、その嫡男、信忠《のぶただ》に協力するつもりだ。

この時代の統治者は、この時代の者がなるべきだ。

それが出来ないときは、ひっそりと山で田畑とともに過ごしたい。

茨城の山奥で、ポツンとした一軒家で、のんびり暮らすのも夢。

「俺、統治能力とかはっきり言ってないですよ。経験全くないわけだし」

政治家になるつもりなど一切なかった。

そのため、特別な統治など政治を勉強することもなかった。

あの有名な戦国シミュレーションゲームは大好きだが、ゲームと現実は全く違う。

一城の主《あるじ》、それは平成でいえば、県知事クラスだ。

「わかっておる。よって与力に蒲生氏郷《がもううじさと》を就ける。城代にでも家老にでもして、やらせればよい。常陸はお飾りになるやもしれぬが、城主にはなってもらう。これは決めたことだ」

「蒲生氏郷ーーーー、キターーーーーーーーー」

「知っているのか？　なかなかの切れ者ぞ」

「知ってますよ。奥州の名城、会津若松に東北には珍しい巨城を築いて、江戸幕府滅亡のときに朝廷軍を苦しめるほどの名城の基礎を作るんですから。しかも、大好きな伊達政宗《だてまさむね》のライバル的、好敵手な存在だし」

蒲生氏郷、妻は織田信長の次女、織田信長が眼光の良さを褒めて、自分の娘を嫁がせるほどの人物。

豊臣秀吉《とよとみひでよし》もまた、力を認めて奥州の見張りとなるよう、会津若松城の前身である黒川城主として入れたほどの人物。

ただ、早くに死んでしまう。

一説では毒殺が濃厚と。

伊達政宗が？　と思うことだが、伊達政宗より俺は羽柴《はしば》秀吉を疑っている。

その嫁が産む子なら『織田』を名乗らせてしまうと、若干厄介な存在になる。

嫁が主君の直系の子孫。

それが目の上のたんこぶだったのでは？

奥州と言う、当時中央政権から離れた場所に追いやっても、恐れていたのでは？

もし、織田信長大好き前田利家《まえだとしいえ》が蒲生氏郷と手を結んだら……。

そんなことを考え毒殺……。

勝手な推理だが、あり得なくはない。

「知っておるなら良いではないか？　特段嫌いな人物ではないのであろう？　城はまだ完成しておらぬし、安土城内屋敷もそのまま、好きなほうに住め、ここも船でくれば、すぐに着くぞ、ただし、鶏と豚をどうにかせい」

「え？」

「苦情が多い、大津城に移せ、良いな」

あぁ、やっぱり苦情があったのか。

そして、家臣の苦情がちゃんと織田信長の耳に入るのだから、らしいといえばらしいよな。

羽柴秀吉の夫婦喧嘩《げんか》を仲裁したりするのだから、織田信長って実は人間味がある人物。

鶏、朝っぱらからの鳴き声、流石《さすが》に五月蠅《うるさ》かったかな。

なんだか、今井宗久《いまいそうきゅう》がいろいろな種類の鶏をよこすもんだから長鳴きの鶏までいるんだよ、うちの庭。

あの息継ぎを早くしなよ！って、ツッコミ入れたくなる鶏も。

「茶々《ちゃちゃ》の嫁入り先が、城なし武将とは、格好もつかんからな、良いな」

と、俺の目をしっかり見て言う。

かなりの圧を感じる。

「あぁあ、ですよね。城もないわけのわからない身分の俺に、養女にした姪《めい》を嫁がせるんですから、そうなりますよね。仕方ないですよね。俺もこの時代に生きることを決めたのですから、わかりました。ただ二つ提案がありまして」

と、地図を指さした。

せっかく滋賀県のほぼ全体地図が、目の前にあるのだから考えていたことを言った。

「俺も城持ちになるなら今後のことも考えて、ここにも築城をしませんか？　賤ヶ岳《しずがたけ》です。ここに城を作って塩津海道の抑えとします。牧野にも築城して西近江街道の抑えといたします。すでにある、安土城、長浜城、大溝城と今、作っている大津城と、その二つの城、合計六つを琵琶湖で結び、近江一帯を水の都とします」

「以前話していた幕府の拠点の構想だな？　大溝城と長浜城と坂本城と、この安土を結んではいたが、そこまで大きくするか？」

「はい、大きく水路で結んだほうが、人々が集まったときに、街づくりがゴジャゴジャせずに出来るかと思います。それと、この新しく作る城には、前田利家と佐々成政《さっさなりまさ》を入れるのが良いかと思います」

「なぜその二人なのだ？」

「俺が知っている二人は、織田家を残そうとする柴田勝家《しばたかついえ》派として、結構ギリギリまで羽柴秀吉と戦いますから。前田利家は結果的には、羽柴秀吉の重要な家臣にはなりますが」

「常陸は猿を警戒しているのか？」

「はい、羽柴秀吉と黒田官兵衛《くろだかんべえ》をと申したほうが良いでしょうか？　二人が勢いづくのは、あまり……」

「官兵衛か……わかった、考えよう」

「それと一つお願いが」

「なんだ？」

「城の名前なんですが、近江大津城として良いですか？」

「構わぬが、なぜじゃ？」

「大津って俺の故郷の常陸国の海側北端の地名でもあるので思い入れがあるので」

「ぬはははははははははっ、また故郷の話か？　本当に故郷が好きなのだな」

「はい、常陸国と言うか、茨城が大好きですから」

「名前など好きにせい」

そう言って、織田信長は退室した。

大津は常磐線《じょうばん》で言うと、茨城県の最北端の駅名が大津港《おおつこう》駅。

あの茨城県を代表する有名な歌手で、芸術家の出身地だ。

その地と同じ名前というのは、茨城愛の俺としては、ちょっと避けたい。

茶々は広げられた地図をじっくり見ていた。

特に小谷《おだに》のほうを。

生まれ故郷だもんね。

地図から顔を上げて俺を見ると、

「常陸様は、義父上《ちちうえ》様の軍師ですね」

と、言った。

「そうか？　ただ雑談をしているだけな気がしないでもないのだが」

「近江大津の城、見に行くときは私も行きますので、声をかけてくださいね」

と、言って退室した。

そりゃそうか、いくら城作りの名手、蒲生氏郷が築城奉行でも、主となる俺が見に行かないわけにはいかないよな。

鶏小屋《とりごや》と豚小屋も作らないとならないし。

城持ちなら豚も飼えるよね。

庭にいると情が移りそうだけど、三ノ丸とか普段、見ないようなところになら飼えるな。

しかし、蒲生氏郷も家臣ですか？

結構無理ゲーな気もしないでもないけど。

本当に、戦国末期オールスター勢揃《せいぞろ》いの家臣団になりつつあるな。

◇◆◇◆◇

約束通り、茶々に事前に連絡して近江大津城を見に行くことになると、安土城の琵琶湖側の船乗り場には、大型の安宅船《あたけぶね》が用意されていた。

蘭丸が屋敷に迎えに来た。

「上様の命で船が用意されてます」

船には、先に茶々、あれ？　お初《はつ》も、お江《ごう》も行くのね。

別に良いけれど。

俺の姿を見ると、お江が走って抱っこをせがんできた。

「マコと、新しいお城見に行く〜」

可愛《かわい》い。可愛い義妹。

『マコ』から『お兄ちゃん』に進化しないかな？　妹がいない俺としては憧れだ。

小型の天守のような船橋に案内されると、畳が敷かれた部屋に案内された。

まんま、和室やん。

安宅船は帆で風を受けながら、さらに櫂《かい》で兵士が漕《こ》いで進む。

ゆっくりゆっくり進む。

甲板に出て眺めては、湖面に立つ波がまだ強い秋の日差しの光を反射させ、キラキラと綺麗《きれい》ではあったが、風は涼しくすぐに部屋に戻った。

湖のためか、船の作りのせいか、揺れは少ないが、それでも船酔い気味になったので畳に横になると、茶々が膝枕をしてくれたが、膝枕って、そんなに心地《ここち》好《よ》いものでもないんだよね。

硬い。痛い。

羽毛枕のような柔らかさは当然ない。

茶々が痩せていたからだろうか？

ただ、美少女が平然と膝枕をしてくれるのは嬉《うれ》しい。

お初とお江は、船の中を走り回っていたみたいだ。

ゆっくりなのだが、陸路よりは早いらしく三時間程で建築中の近江《おうみ》大津城の本丸に作られた船乗り場の桟橋に船は着いた。

桟橋に降りると、石垣が湖面から出ており石垣作りの水城であるのがわかった。

「俺の城かぁ」

と、立ち止まって見上げると、四重五階建ての小振りな望楼型の天守が建っていた。

「お初に御目《おめ》にかかります。築城奉行、並びに与力になるよう命じられた、蒲生氏郷にございます」

と、桟橋の木の板の上に片膝をつき頭を下げている武将が出迎えた。

「黒坂常陸守真琴《くろさかひたちのかみまこと》です。こちらこそ、よろしくお願いします」

と、挨拶をすると顔を上げた。

二十代後半であろう口ひげを生やしたがっちりとした武将。

「案内をお願いいたします」

と、後ろにいた茶々が言う。

やはり俺より慣れている振る舞い方。

年上だろうと織田信長《おだのぶなが》の娘婿であろうと家臣は家臣。

上から目線で対応しないとならない。

見習わないとならないな。

立ち上がり少し頭を下げた状態で、

「こちらへどうぞ」

と、歩き出した。

「その体勢、疲れませんか？　普通に頭をあげてください」

と、気になって言ってしまった。

うちの家臣では一番礼儀正しいのか？

ちなみにうちの家臣の歌舞伎者、問題児の前田慶次《けいじ》は、今日は安土《あづち》屋敷に留守番だ。

しかも、松《まつ》様の監視付き。

「そんな、殺生なぁ」

と、嘆いていたが俺の家臣、若すぎるんだよ。

慶次の次に年長で、最古参になる力丸《りきまる》は置いて来るわけにはいかない。

俺の家臣の中で唯一、俺の秘密を知っているからこそ、同行してもらわないと困る。

事情を知っている力丸には、何かあったときフォローをしてもらう必要がある。

蒲生氏郷《がもううじさと》は、少しずつ頭を上げて普通の姿勢になり歩いていた。

「天守は、すでに完成しておりますので最上階に上って見渡しましょう」

と、天守に案内される。

中は安土城とは違い、飾りっ気がない質実剛健の作りだった。

平成の現存天守で、よく見る急な階段を上る。

なんで、城ってこんなに急階段かな？

防御のためと言われているが、本丸天守に敵が来た段階で完全に敗けだもん、天守に軍事的な意味ってあまりなくない？

見晴台の意味と、権威の象徴的意味ならわかるのだけど。

甲冑《かっちゅう》を着た状態で上ることを考えると、不便極まりない。

安土城は住むことが前提だから、緩やかな階段、籠城を計画していないであろう作りだ。

「そうだ、宗矩《むねのり》、今から言うこと紙に書いてもらえるかな？」

「はっ、かしこまりました」

と、懐から俺が開発をしてもらった鉛筆を取り出し、懐紙を出した。

「御大将いかがいたしました？」

と、力丸が聞いてきた。

「いや、信長様に報告書として渡して」

「え？」

と、不思議がる。

「これから、希望や改築してほしいとことか言うからさ、そう言うのちゃんと信長様に報告するべきだと思うんだよね」

「しかし、この城は私が奉行として任されたうえで、さらには常陸《ひたち》様が城主に任命されてる城。自由にしてよろしいはず」

と、少し怪訝《けげん》な顔をして蒲生氏郷が言ってきた。

「俺ってさ、家臣ではないんだよ。まだね。茶々《ちゃちゃ》との婚儀が決まっていてもさ、微妙な立ち位置なんだよ。それに、ここって安土城から京の都への通り道、かなり要所じゃん。信長様も通るし、場合によっては寄ったり泊まったりするでしょ？　だったら、ほとんど信長様の物と一緒だもん、ちゃんと報告しておくべきだよ」

と、言うと話を聞いていた茶々が笑っていた。

「なるほどね、義父上《ちちうえ》様が安心して、要所のここを任せるわけだわ」

と、クスクスと一人で笑っていた。

お江とお初は、幸村《ゆきむら》がお守り役になり、先に天守を上って走り回る足音がバタバタとしていた。

「わかりました」

と、蒲生氏郷は納得したみたいだった。

「こう言うのを『ほうれんそう』って、言うんだけど『報告・連絡・相談』を大事にしないと思わぬ誤解を生むから。あっ、うちの法度にも入れるか、『報告・連絡・相談』。何だかんだで家臣は増えているし」

「黒坂家家臣法度ですね、わかりました」

と、力丸と宗矩が紙に書いていた。

　少しずつ、家臣に守ってもらうこととか考えないと駄目な立場になって来てるんだからちょっとは考えないとね。

　天守に上ると、遠くまで見渡せる。

　一番高い所が、この天守な平たい城。

　西の山を見ると比叡山《ひえいざん》がある。

　東は安土城なわけだから間違いなく要所。

　天守の左右には御殿を建築中だった。

「あれって、檜《ひのき》だかの皮を屋根に使うの？」

「はい、一般的な檜皮《ひわだ》葺《ぶ》き屋根にする予定ですが、瓦にいたしますか？」

　と、氏郷が言った。

「いや、銅板屋根にして」

「銅板でございますか？　かなり金がかかりますが」

「力丸、うちの蔵の金出して、結構あったよね？」

「はい、入らないので今井宗久《いまいそうきゅう》にも預けてあります」

「足りなかったら、あれ、あの茶碗《ちゃわん》売って良いよ。俺、茶器には興味ないし、信長様に好きにして良いって言われてるし、城と同価値と思う人もいるんでしょ？」

「名物・曜変天目茶碗《ようへんてんもくちやわん》は最終段階までは売らずに蔵の金を先に出しましょう」

と、茶々が売るのを渋った。

「あと、あの建物とか、まだ柱が見えている所は、柱と柱の間にバッテンに柱を追加して」

と、左右の指をバッテンにして見せた。

「え？」

と、氏郷は気になったみたいだ。

「耐震性を高くするためにだから、出来上がってしまってるのは仕方がないけど」

「たいしんせい？」

と、聞き慣れない言葉を聞き返す氏郷。

「地震に強くするってこと」

「わかりました。すぐに指示します。天守も壁を崩して追加します」

と、氏郷が言うと控えていた家臣が走っていった。

急な構造変更ごめんなさい。

「ここって少し変わった造りだね。本丸は琵琶湖《びわこ》に突き出してるのに、輪郭式で別に本丸みたいな郭《くるわ》があるみたいだけど」

と、中心に堀で囲まれた場所を指差した。

「はい、あそこは奥の二ノ丸といたしますが」

「だったら、あそこに信長様用に御成《おなり》御殿を建てて」

「はい、かしこまりました」

絵図面と実際の景色を見比べながら指示を出す。

二ノ丸、三ノ丸、特に意見はない。

って、言うか縄張りは良い。

流石《さすが》、蒲生氏郷と言える造りだったが、どうも防御力が弱い。

「町を囲むように堀を作れないかな？　土塁でも良いけど、町全体を囲んで総構えにしたいんだけど」

「総構え？」

「知らない？　北条《ほうじょう》の小田原《おだわら》城みたいなの」

「あぁあ、なるほど、町をも取り込んだ城にございますね」

「あそこまで巨大なのは求めないけど、町を出来れば水堀で囲えば防御力向上と水運力もあって、良いと思うんだけど」

「しかし、人足が……」

「無理かなぁ」

と、俺が腕を組むと、後ろにいた茶々が、

「義父上様がどうにかしてくれますから、常陸様は希望を言ってみているだけで、よろしいかと思いますよ」

と、言った。

なんか、それって怖い気がする。

あまり、わがままは言わないでおこう。

あっ、でも、忘れてはならない物、

「豚小屋と、鶏小屋をお願い、三ノ丸で飼うように手配して」

「豚？　鶏？　え？　え？　で飼うのですか？　城内で？」

氏郷は驚いている。

「あぁあ、俺が食べるから、よろしくね」

城内では、普通飼わないのか？　飼っていたら、籠城にも有利な気がするが。

「あと、庭木には果実がなる木と五加木《うこぎ》を植えて、畳には芋づるを下地にして」

五加木は関ヶ原の合戦で西方になって戦ったため、減俸されて財政難になった上杉家《うえすぎ》が、庭の生け垣に植えるように推奨した植物。

葉が食べられる。

芋づるを仕込んだ畳は、加藤清正《かとうきよまさ》の熊本城で有名だ。

加藤清正は朝鮮出兵で籠城戦となり、兵糧が尽きて苦しめられた教訓から、熊本城を建てる際、兵糧となるものを城に仕込み、井戸も多く造っている。

「籠城戦を考えてですね。わかりました」

籠城って基本的に負けに近いのだけど、総構えが現実的に可能なら、城内で食べ物を取れるようになるなら、勝ち目はなくはない。

近江《おうみ》大津城なら、琵琶湖の水路で他の城からの応援が期待出来るからだ。

だからこそ、果樹園とか城内にあれば良いのでは？　と、思う。

「絵図面も信長《のぶなが》様に写しを出してね。基本的な縄張りはとても良いと思うよ。流石、蒲生氏郷」

「え？」

と、驚いてる氏郷。

やってしまったか？　築城の名手って言われるのは、ずっとあとのことだったかも。

「常陸様、お台所を」

と、茶々が誤魔化してくれた。

俺の秘密を知っているのは、力丸だけじゃないんだよね。

茶々も織田《おだ》信長から教えられて知っているわけだし、スマートフォンの一件で理解してくれた。

そんな茶々の助け船？

助かった。

茶々は実際に、台所を見たかったらしく、台所が作られる御殿に案内された。

まだ、柱と木の板が貼られただけの御殿だが、今、住んでいる屋敷より、はるかに大きい屋敷だった。

「こちらが、お台所になりますが」

と、案内されると、今とさほど変わらない大きさの竈《かまど》が三つある大きさの台所だった。

改造・改善の余地があるのだろうか？

と、考えて思いつく。

「温かい物を温かいうちに食べたいから、すぐ脇に畳敷きの二十畳くらいの部屋を造れないかな？」

「はい、そのくらいなら問題なく、今からでも造れますが」

と、氏郷《うじさと》は言う。

まだ柱だけだから、内装は変えられるのね。

「で、高い位置に囲炉裏《いろり》を造ってほしいんだよね、南蛮のテーブルと囲炉裏が合体した感じで、長い長方形の囲炉裏を。二十人くらい座れると良いかな」

「てーぶる？」

と、氏郷が聞き慣れない言葉なのか、聞き返してきたが、力丸《りきまる》が、

「後程、説明しますから」

と、言ってくれた。

今井宗久の店や、南蛮寺に出入りしているため、力丸は知っている。

「で、椅子を置きたいんだよね」

「では、そちらは今井宗久に相談して造らせましょう」

と、力丸が提案すると、氏郷はなんか不満げな表情を浮かべていた。

だって、氏郷は南蛮式理解出来ないでしょ？　我慢してよ。

畳は嫌いではない。

足裏に感じるのはフローリングより畳のが好きだけど、椅子の生活のほうが楽なんだよ。

「俺の部屋も椅子とテーブルの南蛮式と、書院造りを合体させたような造りにしてもらえると助かるんだけど」

と、自室の希望を言ってみた。

「では、南蛮寺のようにいたしましょう」

なるほどね、南蛮人、いるもんね。

「あっ！　奥の二ノ丸の御殿にも、南蛮式の部屋作って一脚だけ、豪華な椅子を置けないかな？」

「もちろん出来ますが」

「彫刻師に左甚五郎《ひだりじんごろう》を呼んで、鳳凰《ほうおう》の装飾にして」

「すみません、その左甚五郎なにがしとは？」

と、力丸だけじゃなく皆が首を傾《かし》げた。

有名人ではないの？

「知らないのか、なら街に高札でも出して呼んでよ」

「わかりました。すぐに手配いたします」

そう言えば、左甚五郎って今、何歳なんだか？

家康《いえやす》が死んでから作る日光東照宮の彫刻で有名なんだから、今は若い彫刻師をしていると思うんだけどな。

突如として現れる天才ではないと、思うのだけど。

パッと現れた人物が日光東照宮のメインの門の装飾を任されるわけは、ないと思うのだけど。

俺、好き勝手に言ってると和洋折衷の城になりそうな気がしてきた。

大丈夫なのか？　近江大津城。

しかし、大津って名前が良いよな。

港、作れば大津港？

茨城県出身の俺には馴染《なじ》みある名。

ははは。

「完成までの工期はどのくらいなの？」

と、俺は御殿建設の脇に作られた、陣幕で囲われた場所で床机に腰を下ろした。

床机とは、平成では神社でのお祓《はら》いのときなどに見たこともあるかもしれないが、折り畳みの椅子。

平成風に言えば、キャンプに使う椅子かな。ゆるいキャンプは予定はないよ。

素材そのままの机が置かれて、床机が脇に、適当な数で並べてある。

この場合、俺はどこに座るべきなの？

俺って基本的には出口側が好きなんだよ。

だから平成の世でも、カラオケボックスでも出来る限りドア側。

部活の後輩が恐縮していたこともあったっけなぁ。

と、少しキョロキョロしていると、力丸はそれに気が付いたみたいで、手のひらを座るべき場所に向けていた。

あぁ、やっぱり出口から一番遠い場所なのね。

身分制度上仕方がないので、そこに腰を下ろした。

机の正面？　奥に座ると、左側に茶々《ちゃちゃ》、力丸、の順で座り、右の力丸の正面に氏郷が座った。

宗矩《むねのり》は俺のすぐ後ろで、俺の一言一句漏らさぬよう一生懸命書き留めていた。

「本丸御殿は、おおよそ一年、全体では四年を計画しておりますが」

と、氏郷が言う。

工事している中、住むのか？　やかましいような……。

「パネル工法に出来ないかな？　工期が短くなるよ」

「はい？　ぱねる？」

聞き慣れない言葉に首を傾げる氏郷。

ごめん、氏郷。俺の説明不足、語彙力が追いつかない。

言葉で説明するより模型で説明するのが良いだろう。

「んとね、小さな木々の切れ端ないかな？」

と、言うと、地面に片膝を突き待機していた氏郷の家臣が走っていき、本当に切れ端なの？という感じの、良質な木々を集めてきた。

丁度、箸くらいの太さの木々があったので、腰に差している小太刀で長さをそろえて机の上で壁の大部分を作ってみた。

つまり筋交《すじか》いを入れ、柱付きのを。

「まぁあ、持てる重さに限りがあるから、大きさは任せるけど、こうして木を組んで板を貼った壁を一ヶ所で作ってしまうの。これがパネル一枚ね。で、ここで組み合わせていく。統一の大きさを指示すれば冬とか働き口ない農民とかが作れないかな？　もちろん給金は出してだよ」

あらかじめ作った四枚のパネルを組み合わせれば、家の壁が完成する。

あとは、屋根を載せれば良いだけとなるパネル工法を説明してみせた。

「おぉぉぉぉぉぉお」

と、氏郷は驚いていた。

「これをつなげていけば、足軽長屋も作れると思うし、どうかな？」

平成時代では、極々一般的なパネル工法。

工場で柱やパネルを合わせて、大きな一枚の壁を作り、それを建てたい場所にトラックで運び、クレーンなどで吊《つ》って組み立てる。

現場での木材加工の手間はなくなり、同じ寸法のため、大量生産が可能で、工期も短くなる。

「常陸《ひたち》様、あ、いや、改めて呼ばせていただきます。御大将、素晴らしい。すぐにやらせましょう。なに、年を取って現場仕事が出来なくなった大工を頭にしてやらせれば、出来なくないと思います」

なるほど、お年寄りの活用にもなるのか、提案して良かったかも。

「御大将、これに銅板など張ったら戦時の陣にも良いかと思います」

と、力丸が言った。

「宗矩、書き留められた？」

「はい、大丈夫です、絵図も脇に描きました」

と、宗矩は説明に使った木々を描いていた。

もしかして、建築革命したかな？

織田信長、喜んじゃうかな？っと茶々の顔を見ると、

「義父上《ちちうえ》様なら高く評価していただけると思いますよ」

読心術でも持っているのかな？　隠し事出来なさそう。

「マコ〜つまんない帰ろ〜飽きた〜」

と、言いながら、陣幕を持ち上げて、お江《ごう》が顔を覗《のぞ》かせていた。

幸村《ゆきむら》、ごめん、子守り任せちゃって。

お江は走り回り、疲れたのね。

男の子なら建築現場も、興味津々なんだろうが、お江は走り回って飽きたらしい。

流石《さすが》にお初《はつ》は、そんな表情は出してはいないけど口数は少なかった。

単純に疲れたのだろう。

茶々は自分が住む城になるためか、真剣に絵図面を見て、俺の言葉を一言一句、気にしていた。

「今日は帰るか？」

と、言って、朝来た本丸の桟橋に歩いて向かった。

お江とお初は、さっさと走って乗り込んで行った。

俺は今一度振り向き、自分の城になる本丸天守を上から下までじっくりと眺めた。

自分の家が二十歳にもならないのに持てるって、未来の知識を評価してくれる織田信長に出会えてこそか。

未来の知識……。

「そうだ、避雷針、つけてよ」

「ひらいしん？」

再び氏郷は首を傾げていた。

氏郷、本当、ごめん。

明日きっと首は痛くなるよ。

「雷避《よ》けのことなんだけど」

「雷避けなら、あちらにすでに瓦に載っておりますが」

と、自信ありげに瓦で出来た、鯱《しゃちほこ》を手のひらを掲げて指していた。

金の鯱ではなく無骨な陶器で出来た鯱。

「鯱や懸魚《げぎょ》は雷避けって言うか火事除《よ》けの呪《まじな》いの類だよね？　天守に雷はどうしても落ちやすいから、その雷電のエネルギーを地面に流さないと火事になっちゃうよ」

「えねるぎい？」

首を傾げ、腕を組みだしてしまった氏郷。

「御大将」

と、力丸が忠告のように俺のことを呼んでいた。

「兎《と》に角《かく》、雷は高いところが好きなわけで、それを地面に流す仕組みがあるのね。で、本丸天守は建てちゃったわけだから、屋根に銅で作った槍《やり》？　矛？　を立ててよ。鯱より高い位置になるように、で、それを銅で作った鎖で地面に刺した槍だか矛だかと、つなげるの。そうすると、雷が落ちても火事になりにくいから、で、これから作る櫓《やぐら》とかには銅で作った鯱を載せて、それを銅の鎖で地中につなげて」

と、説明しても納得がいかないのか、傾げた首は、まっすぐにはならなかった。

「氏郷殿、常陸様の言うことは義父上様が認めますので、すべて言われた通りになされなさい」

と、茶々が言った。

無理強いは良くない。

納得してもらえば良いのだが、どう説明して良いものだか悩んだ。

俺、高校生だもん、そんなの説明出来るほどの語彙力がないよ。

だいたい、平成の科学でも避雷針でなぜに雷が避けられるかって、結構最近になって、ようやく科学的に説明されたはずなんだよ。

大規模な人工落雷実験装置のおかげじゃなかったかな？

昔は、金属に雷は落ちるってのが言われていたけど、高い所のほうが落ちやすいとか証明されたんじゃなかったかな？

子供のころは外に居るときに雷が鳴ったら、金属を外せって言われたけど、成長してからは、高い木々から離れろって教わった。

雷ねぇ……雷神様……神様？

「神様は、先の尖《とが》ったものを好むと言われているはずですが、知りませんか？　雷神様が、その矛に降りて、その力を地中に誘導するお手伝いをする。いかがですか？」

と、説明すると蒲生氏郷《がもううじさと》は両手をパンと、一叩《たた》きした。

「なるほど、正月の年神様を迎える松というわけですか、納得いたしました。すぐに作らせましょう」

氏郷って、いつ洗礼を受けるんだっけ？

あれ？　俺が主人だと、そのルートもなしになるのかな？

俺、いろいろ影響を与えすぎてるよな、やっぱし。

とりあえず、今日、見た段階での指示は、一通り出せたので、安宅船《あたけぶね》の甲板で早く早くと手招きをしているお江もいるし、船に乗り込み帰ることとした。

船中、宗矩は俺が言ったことを清書してまとめていた。

よく酔わないね。

俺は、また気分が悪くなり横になると慣れないことをしたせいか、疲れからか眠りに入った。

茶々の膝枕で寝るのって心地よくない。

やっぱり硬いよ。


次の日、宗矩が清書した近江《おうみ》大津城視察指示報告書に、俺が署名をしたうえで、力丸《りきまる》に織田信長《おだのぶなが》のもとに届けてもらった。

そう言えば俺、花押とかってまだ決めていない。

城主になるなら必要性も出てくるか？

ハンコでも作るか『天下布武』みたいなの。

と、考えながら軽い昼飯を食べたあと、何が良いかと考えていると力丸が部屋に来た。

「失礼いたします。上様がお呼びです」

織田信長って暇なのか？　報告書、出したその日に呼び出すって、時間余っているのか？　と、思いつつも急いで着替えて天主に登城すると、茶々が案内すると言って待っていた。

いつものように天主最上階に案内されると織田信長は、俺の大津城視察指示報告書をまじまじと見ていた。

「来たか、常陸、やはり未来の知識があるものは違うな。特にこのパネル工法と、避雷針が良い」

「パネル工法は、俺のいた時代では比較的一般的な工法になっていて大規模な工場、あ、いや、工房と言うのでしょうか、そういう場所でまとめて作られて輸送されて、建てたい場所、土地で組み上げるようになるんですよ。避雷針は高い建物には必ず付けるように義務付けられています」

と、補足の説明をすると、

「なるほどな、技術は進歩していくのか、未来の世界、実際に見てみたいものじゃ」

と、言った。

信長、平成に降臨？

「今、嵐山、吉田山の築城に京の都の十二門の再建、近江大津城の築城、さらに賤ヶ岳《しずがたけ》城に牧野城築城をしているところ、これなら安土《あづち》でパネルを作らせ琵琶湖《びわこ》を利用して運ばせれば工期も縮まる。良いぞ良いぞ、常陸、はははははっ」

と、すごくご機嫌だった。

「しかしだな、この避雷針と言うのが、いまいちよくわからないのだが」

って、俺もそれ説明するの厳しいんだよね。

「雷は電気の塊と言うのでしょうか、って、電気の説明からってどうしていいのやら」

と、言葉に出した。

「知っている言葉で、好きなように言ってみろ」

と、織田信長は言う。

俺が未来人であることを理解しているからこそだよね。

「電気、ん〜そうだ、冬場に人や、甲冑《かっちゅう》とか触って、ビリッと感じたことないですか？」

「あるぞ」

「あれがわかりやすく言えば強くなったのが雷なんです。俺の時代では、電気と呼んで色々な絡繰《からく》り物を動かす力としても利用するんですが、それが、空で自然に出来るのが雷なんです。そのエネルギー、んと、力？　勢い？　は、強いのですが、高い所に落ちる性質があります。その力は金属に流れやすいんですが、地中に逃がすことで、火災を防ぐことが出来るんです」

いまいち説明が出来ていない気がする。

「神の力ではないのか？」

「俺自身、神は否定はしませんが、雷や地震など神の怒りや力と恐れられるものは、どういう仕組み、どうやって自然界で起きるかは俺の時代には説明、解析されていて、神の力ではないというのは証明されています」

「そうか、儂《わし》もそれを理解したいが、流石にな。しかし、未来でそういうのがわかっていて、避雷針なるものが活用されているのを知った今、使わぬ手はないであろう。この安土の城にもすぐに取り付けるぞ」

「注意点は鯱より高いこと、一番高くないと雷が落ちません。そして、金属で出来ていて、地中にしっかりとつながっていることです。でないと意味がないので」

「金でも良いのか？」

金の槍？　矛？　かっこいいけど、電気伝導率は銀、銅、金の順番だったはず。

「その、電気と言うものが流れていきやすいのが、銀、銅、金の順番でして」

「なら、銀を使えば良いではないか？」

確かに正論。

「銅のほうが安くないですか？」

「儂を誰だと思っておる？　織田信長ぞ、銀ぐらい集められるわ。それに石見《いわみ》の銀が大量ぞ」

なるほど、確かにそうだ。

この国の実質的王の織田信長、そのくらいのことは出来るか。

「常陸《ひたち》、この報告書とやらには、儂の寝所と書いてあるが計算したのか？」

「はい？　なにをですか？」

金の計算？　そんなものはしていないって、もしかして予算オーバー？　銀いっぱいなのに？

「この報告書を読めば、近江大津城は儂が常陸に貸し与えているように書いてあるではないか？　だったら、儂が全額金を出さざるを得なくなる。小癪《こしゃく》な真似《まね》をしおって。人足も各地から集めてやる」

「えっと全部、蔵の金と曜変天目茶碗《ようへんてんもくぢゃわん》を売るつもりでしたが」

俺が指示して作らせるところは、自分の金を出すつもりでいたのだが。

「ふっ、常陸の蔵の金など使わせぬぞ、全額出してやる。さてと、築城の工期が短くなるとなれば他にも取り掛かるぞ」

と、言って退室していった。

おっ！　なんか、計算なんて全くしていないのに良いほうに転んだかな。

得した？　ある意味、江戸時代の天下普請のようになっている。

これは良かったかも。

一ヶ月もすると、安土の天主の屋根には銀色に輝く槍が、鯱の両隣に高々と掲げられ、銀製の長い長い鎖が最上階から地中までつながっていた。

『受雷神槍《じゅらいしんそう》』と名付けるらしい。

確かに、針ではないからね。

少しかっこいいね。

地中にしっかり刺さっているのを確認するため、鎖を抜こうと引っ張るが、びくともしなかった。

ちゃんと深くまで刺さっているようだ。

これなら、避雷針として問題ないだろう。

織田信長の姪《めい》であり、信長の養女となった茶々《ちやちや》と結婚する。

そして、近江大津城の城主になる。

大津と言っても常磐線《じようばん》の茨城県最北端の駅の名前ではない。

近江、琵琶湖湖畔、京都と安土を結ぶ交通の要所。

重要ポイントだ。

家臣は森《もり》力丸、前田《まえだ》慶次《けいじ》、柳生宗矩《やぎゆうむねのり》、真田《さなだ》幸村《ゆきむら》、そして、蒲生氏郷。

この五人は家老職と改めた。

筆頭家老は若輩ながら、俺の秘密を知っているからこそ、森力丸。

家老だが小姓・近習としても働いてもらう。

俺には秘密があり、心許せる者でないとそばにおけないからだ。

その下に配下となる武将？　侍大将がおりさらに足軽がいる。

どんどん家臣が増えているらしい。

さて、前回、花押を定めていないことが発覚した。

いや、手紙を書く機会がなかったから気にしていなかったわけだが、『花押』とは、簡単に言えば、名前の後にゴジャゴジャと書くサイン。

手紙の偽造防止であるため複雑。

有名な花押と言えば、織田信長の麒麟《きりん》の麟の花押か？

躍動感がミシミシと感じられてカッコいいけど、良く毎回毎回、同じのを書けるなと、感心する。

もう一つ有名なのは、豊臣秀吉《とよとみひでよし》に謀反の疑いをかけられたとき、伊達政宗《だてまさむね》は証拠となる一揆《いっき》を扇動した書状に「『鶺鴒《せきれい》』の花押の目に針の穴が開いてない！　これは偽の書状！」と、言ったと言う逸話が有名だろうか？

俺も自室に籠もって練習してみた。

故郷の鹿嶋にちなんで、鹿をモチーフにしながら書いてみたが、形は出来ても同じのを毎回書くのは至難の業だった。

いつしか鹿が緩いキャラクターになっていた。

まるでサッカーを応援するような緩い鹿。

さらに緩いキャラどころか擬人化して、美少女化してしまった。

これをサインにすると、真面目な書状も一気に台無しになる気がするので、却下としよう。

イラストが好きすぎて腕に馴染《なじ》んでいる。

そのため、そちらへと向かってしまう。

もう、癖？　病気だな。

部屋中、紙だらけにしたぐらいのところで宗矩が昼飯が用意出来たと呼びにきた。

「御大将、何事ですか？」

城主に任命されたぐらいからか、家臣達《たち》は俺を『御主人様』から『御大将』と、呼ぶようになりつつあった。

「いや、花押の練習をしていたんだけどね」

部屋の床一面の練習した花押を見て、少しため息交じりに、

「なるほど、で、この有様ですか？」

と、失敗した紙を集め出してくれていた。

「判でも代用可能なんですが」

「え？　そうなの？」

「はい、通常は花押を書いたら判を押さず、判を押したら花押は書かなくても良いのですよ」

「なら、判子注文しようかな？」

「はい、では、何と彫らせますか？」

「あぁ、『天下布武』みたいなことか」

なんとなくだが頭をよぎった文字は、歴史で習っていた『富国強兵』。

『富国強兵』って富んだ国は良いのだが、強い兵ってのが軍事独裁政権みたいで何か嫌だ。

城主、民の上になる以上、民にも理解してもらえるようには……。

強い国。

兵も強い国、経済も強い国、災害にも強い国、強い団結の国。

紙に書いた。

『富国強国』

「これを彫ってもらって」

と、宗矩に渡すと、

「富んだ強い国を作りたいとの意味ですね、よろしいかと思います」

と、言ってくれた。

「あと、抱沢瀉《だきおもだか》の家紋も判子で作れるかな？　結構大きめで」

「もちろん可能ですので、すぐに手配いたしますが、家紋の判子などなかなか珍しい物をお考えですね」

「うん、文字だけより、絵柄の判子もあれば偽造が難しくなるでしょ？」

「はい、よろしいかと思います。それと、兵士たちに持たせる旗を作らねばなりませんが『抱沢瀉』の家紋でよろしいですね？」

「もちろん、構わないのだけど、『抱沢瀉』の上に信長《のぶなが》様の家紋？　旗印に入れられないかな？」

「『木瓜《もっこう》』？　『永楽通宝』に、ございますか？　家紋を拝領されれば、使ってもよろしいのですが」

「拝領か、いやね、兵だって結局は信長様からの借り物だからさ」

と、話していると、いつまでも昼飯に現れない俺を心配して茶々が見に来ていた。

「常陸様、旗印のお話ですか？　義父上様《ちちうえさま》から言われませんでしたか？　私の輿入れ《こしい》の祝いに『揚羽蝶《あげはちょう》』の家紋を贈ると言っておられましたが」

と、茶々が言ってきた。

そんな話聞いてないけど、結婚するときや褒美に家紋を与えると言う風習は知っている。

織田《おだ》信長は『木瓜』と『永楽通宝』の旗印が有名だが、他にも『桐《きり》』や、『揚羽蝶』などの家紋も使用している。

「『揚羽蝶』かぁ、信長様って気が利くね、桓武《かんむ》平氏だってのをちゃんと覚えていてくれてるんだから、宗矩、揚羽蝶の家紋を上にして、下に抱沢瀉の家紋で旗をお願い。布地の色は深緑が良いのだけど出来るかな？」

「やらせてみましょう、すぐに手配いたします」

「常陸様は、いちいち義父上様の機嫌を気にしていらっしゃいますね」

と、冷めた目で茶々は俺を見ていた。

だってやっぱりちゃんと気にしないと、家臣ではないけど、給金を貰《もら》っている以上、上司、雇い主だもん、気にしないわけにはいかないよね。

◇◆◇◆◇

１５８３年12月1日

茶々との仮祝言となった。

いつまでも茶々の婚約相手、許嫁《いいなずけ》では不都合があるらしい。

茶々十四歳、この時代となれば婚礼の申し入れがあるのは普通のこと。

それが時の権力者、左大臣織田信長なら当然。

対外的には参議である俺と婚約が発表されていても、申し入れはあるみたいで、

「そろそろ、仮祝言を挙げよ」

と、織田信長が言ってきた。

俺としては婚約をした段階で結婚は覚悟しているため日にちは任せると、年内にと言うことで今日になった。

仮祝言、今は織田家は中国の毛利《もうり》、四国の長宗我部《ちょうそかべ》に出兵しているため大々的ではなかったものの、織田信長の姪、養女として恥ずかしいものではない。

婚礼行列が安土《あづち》城本丸から俺の屋敷まで繋《つな》がる。

そりゃぁね、繋がっちゃうよ、城内だもん。

俺は今日は衣冠束帯という正装が用意されていたので、それに着替えた。

衣冠束帯。神社の神主さんをイメージしてもらうと良いだろうか。

珍しくちゃんとした和装だ。

茶々は白無垢《しろむく》、角隠しで顔が隠されていた。

俺の屋敷の一番広い部屋で「固めの儀」として、三々九度を行った。

……酒うめぇぇぇ……。

微量の酒、清めの酒、固めの盃《さかずき》だから許してね。

普通なら新郎側の一門衆で宴会となるのだけど、俺には一門衆はいない。

しかも、若輩ばかりの家臣。

宴会ではなく食事会となり形ばかりの仮祝言となった。

通常は新婦側の列席は見届け人なり、輿入れに一緒に付き従った家臣が数名列席するらしいが、お初《はつ》とお江《ごう》、お隣の前田利家《としいえ》の妻、松《まつ》様も参加していた。

お初はなぜか涙し、お江は茶々の花嫁衣装に目をギラギラさせて喜んでいた。

茶々が十六歳になるまでは正式な結婚でないのは織田信長は了承済み。

近江《おうみ》大津城完成時に正式な婚儀を開けばよい、と、なんとも理解がある。

って、織田信長、義父になるんだね。

親父《おやじ》様って呼ぶべきなのだろうか。

この日から茶々は通い妻となった。

ん〜今までの生活とさして変わらない気がする。

◇◆◇◆◇

1584年正月

俺は織田信長から給金をいただいている。

しかも、十万石。

さらに、近江の国、近江大津城城主、しかし、家臣ではないけど、織田信長は姪の茶々を養女にし俺の嫁にした。

織田信長は名目上、義父、織田家一門連枝衆に名前を連ねる立場になった。

一門衆には序列があり、織田信長の嫡子である信忠《のぶただ》、信雄《のぶかつ》、信長の弟の信包《のぶかね》、信長の庶子の信孝《のぶたか》・信長の甥《おい》で大溝城城主の信澄《のぶずみ》、信長の弟の長益《ながます》（有楽斎《うらくさい》）、長利《ながとし》、そして、黒《くろ》坂真琴《さかまこと》となり織田家八番目になっている。

序列が八番目でも、位は正四位下参議・常陸守《ひたちのかみ》、帝《みかど》が住む御所に入れる身分らしくなかなか高い。

この状況下でも、客分と言う立場が変わっていないのは、織田信長が約束を守ってくれているわけである。

織田信長は意外と律儀だ。

しかし、家臣ではないが新年の挨拶に行かないわけにもいかない。

織田信長、義父なんだから。

但し、正式な新年の挨拶がわからない。

服は家臣がちゃんと用意してくれて烏帽子《えぼし》に家紋の入った大紋の和服だった。

なんて、名前の服なのだろうか？

忠臣蔵の浅野内匠頭《あさのたくみのかみ》の袴《はかま》の裾が短いバージョンに近い。

それに着替えて登城した。

普通、正月は何かを献上するらしく、俺は俺らしいものと思い、下準備を整えた料理を持って登城した。

普通は太刀とか献上するらしいが。

織田信長も俺に、無礼講の許可を出している手前か、大広間で皆が集まる前に新年の挨拶を受けてくれた。

茶々《ちゃちゃ》とお初、お江にお市《いち》様、そして、織田信長の側室？　と、織田信長の孫の三法師《さんぼうし》が同室した。

「新年あけましておめでとうございます」

「おめでとう」

「すみません、なんか献上するらしいのですが作法とかわからなくて」

正月早々、素直に謝る。

「常陸《ひたち》、そのほうには無礼御免の義、許可するものなり。と約束してある、気にするな」

と、言ってくれる織田信長。

「ただ、新しい料理は準備してきたので料理を献上いたします」

「ほほう、また、常陸の美味《うま》い料理か？　それが何よりだな。量はあるのか？」

「はい、余れば年賀の宴席にでもと思って多目には用意しましたが、前田《まえだ》の松様に頼んで新鮮な海の幸を手に入れました」

「ちょうどよい、家康《いえやす》にも食わせてやるか」

と、言って立ち上がり退室した。

家康……徳川《とくがわ》家康か？

ちょうど良いかも。

と、俺は台所に向かった。

台所では先に桜子《さくらこ》が料理の準備を始めていた。

俺は安土城のお台所で天ぷらを揚げている。

正確には、桜子が揚げている天ぷらを監督している。

唐揚げに豚カツ、鮭《さけ》フライなどを普段から作っている桜子。

馴《な》れた手つきで、溶いた小麦粉を付けては次々と揚げていた。

食材は前田利家の妻、松様に領地の日本海から頼んで、新鮮な海の幸を取り寄せてもらったので海鮮天ぷら。

海老《えび》に蟹《かに》に、そして、鯛《たい》。

正月だからと取り寄せた鯛が、ちょうど良いのか、徳川家康が来ている。

徳川家康、鯛の天ぷらが美味すぎて食べ過ぎて腹を壊して、体力が低下して死んだ。

などと言われる逸話が残る人物に、鯛の天ぷら。

少し笑える。が、好物となるくらいの物を出せると言うのは、料理人としては最高のもてなしだ。

ん？　いつから織田信長の料理人になった俺？

今日は普通の塩、抹茶を混ぜた塩、カレー風味の塩、と、大根おろしに塩を入れ柚子《ゆず》の皮を細かく刻んで入れた付けダレを用意した。

味見&毒味をすると美味い。

普通の塩が余計な味を付けずに、素材本来の良さを引き出し、口に広がる香りが食欲を掻《か》き立てた。

年賀の宴席は始まったらしく、天ぷらは揚げては運び揚げては運びを繰り返した。

運ぶのは蘭丸《らんまる》、坊丸《ぼうまる》、力丸《りきまる》の森《もり》三兄弟。

俺は、お台所脇で揚げたてを食べている。

「常陸様、徳川家康様が会いたいと申しておりますがいかがいたしましょう？」

と、蘭丸が聞いてきた。

会わない選択肢もあるような問いだったが、会わないで宴席の雰囲気を壊すのも良くないと思い、挨拶だけと言う条件で広間に顔を出すと、屈強なオジさん達《たち》が酒を飲んでいた。

俺は、正四位下参議、意外なほどに位が高い。

あの徳川家康よりも。

なので下座の襖《ふすま》ではなく、上座に近い襖から中に入り、一礼をした。

「黒坂常陸守真琴にございます」

と、声を出すと、織田信長《のぶなが》に近い上座に座る少しポッチャリオジサンが、

「おぉ、これはこれは、お呼び立てして申し訳ありませんでした。徳川三河守《みかわのかみ》家康にございます。料理があまりにも美味すぎて作っている御仁を上様に聞いたら、なんと言うことか、最近話題の常陸様と言うではありませんか。一度お会いしたくて」

と、にじりよってきた。

「お口に合ってようございました。食べ過ぎないようにしてくださいね」

と、食べ過ぎて腹を擦《さす》っている家康に忠告してあげた。

「ははは、腹八分目を心がけているのですが、いやはやいやはや、こんな美味いものは、初めて、この御礼《おれい》と言っては何なんですがこれをお受け取りください」

と、言って、腰に差していた小太刀を俺に差し出してきた。

織田信長の顔を見ると頷《うなず》いていたため、受けとれと言うことなのだと思い、受け取った。

「ありがとうございます。料理の続きがありますので失礼します」

と、退室する。

俺、実はあまり徳川家康好きではないんだよね。

安土桃山時代、最強レベルの軍事大国になった日本を弱らせたのは、徳川家康だと思っているから。

勝手な解釈かもしれないが。

この男にだけは天下を取らせるわけにはいかないと思っている。

だが、織田《おだ》信長が生きているうちは、大丈夫だろう。

でも、北条《ほうじょう》と組んで、反旗を翻したらどうなるんだろう？　と、思いながら台所に戻ると、用意した食材は全部揚げ終わって宴席に運ばれていた。

蟹、蟹、蟹、食べてないよ！

あとからゆっくり食べようと楽しみにしていたのに。


「俺の蟹ぃぃぃい」

◇◆◇◆◇

冬の近江、安土城は寒い。

安土城より北にあっても、太平洋に流れる温暖な海流の影響もあり、比較的暖かい茨城県育ちの俺には身に染みる。

意外かもしれないが茨城県の冬はめったに雪は降らない。

海流の影響下で、東京が雪でも茨城では雨だったりもする。

今居る安土《あづち》城屋敷、火鉢で暖まるにも、日本の古式家屋は、夏を快適に過ごせるよう夏対策仕様、すきま風が寒い。

この時代、冬は服を着こむのが基本らしい。

さらに、今日は一段と寒く外には雪が降り積もっていた。

そんな中でも、俺の妻、茶々は律儀に通ってくる。

幼妻で通い妻。

お初と、お江も一緒に来る。

もともと遊びに来ているから、なんら変わりがない。

天主の本丸が窮屈なのか？　と、気になり聞いてみたら、お江が、

「だって、走り回ると怒られるもん」

と、少し拗《す》ねたように言っていた。

確かに織田信長がいる中で、ドタバタと騒ぐのは勇気がいる。

織田信長の子育てって、どんなんだろう？

最近は、三法師もたまに付いてくるのだが、今日は雪のためかいなかった。

茶々が来たからと言って、特になにか特別なことをするわけでもなく、俺の軽い身の回りのことをするくらいだったが、お茶を点《た》てるのは毎日の日課だった。

らしい。

どうやら俺が心のそこから織田信長のお茶に「美味い」と、言ったことに対抗心がある
茶々のお茶は、決して不味《まず》いわけではないが、織田信長のお茶には、そのとき、求めている温度、濃さ、クリーミーな泡の加減、塩梅《あんばい》の良さがある。

今日のお茶で言えば寒いのだから、熱いお茶が飲みたいが、茶々が入れたのは温《ぬる》かった。

クリーミー感は良いのだけど、抹茶ラテだな。

何時《いつ》ものようにお茶を飲んで、お初《はつ》とリバーシーをしていると、宗矩《むねのり》が来客を知らせに来た。

「徳川三河守様が、会いたいと参りましたが、いかがいたしますか？」

って、来ている相手に「いかがいたしますか？」って言われても断れないじゃん！っと、思って少し渋い表情をすると茶々が、

「約束のない客は断っても良いんですよ。なんなら、代わりに私がお会いしましょうか？」

と、言った。

茶々、読心術マジに持ってる？

ちょっと、ハラハラするんだけど。

この時代、妻の権限、女性の地位は、意外に高く、特に正妻なら当主の代理にもなるそうだが、織田信長が兄弟と呼ぶ同盟者、徳川家康なら、会ったほうが良いかと思った。

「まぁ、ちょっとだけなら会っても良いかな」

「茶室にしますか？」

と、宗矩が聞いてきた。

「いやいやいやいやいや、嫌だよ。狭い茶室に徳川家康と二人っきりってやだよ」

「では、広間に案内します」

と、言って行った。

「慶次《けいじ》はいる？」

「はい、ここに」

と、隣の部屋から声がした。

もちろん、サボっているわけではなく、俺達の護衛に控えている。

夜は遊びに出歩くが、昼間は屋敷に居る。

隣の部屋で横になっていることが多いが、声をかければすぐに対応するので、文句はない。

茶々達が来ているときは意外にちゃんと仕事をしている。

こういうとき、来襲されやすいのを予測しているらしい。

「一応だけど、天井裏と床下よろしく」

「はっ、かしこまりました」

と、言って、慶次が庭に出ると、いかにも忍びであるかのような黒服の家臣が四人現れ、慶次が合図すると消えていった。

天井裏と床下に潜ったのだろう。

「茶々《ちゃちゃ》、お茶を運んできてね。苦いぃぃぃぃぃのにして」

「真琴《まこと》様、陰湿ですね」

え？　そうかな？

「お初、お江《ごう》、頃合いを見計らって乱入してきてね」

って言うと首を横にする、お江。

「マコ？」

お初は、わかったようで、

「わかったわよ、邪魔すれば良いのね。義兄上《あにうえ》様」

……義兄上様？……お兄ちゃんと呼ばせたい……。

それは後日として、タヌキオヤジと評判の徳川家康と会う段取りをした。

徳川家康、気になる存在。

万が一にも、俺の素性を知られたくない相手でもある。


襖を開けると、だだっ広い広間には徳川家康が座っていた。

一人の家臣と思う者が、一番端の下座に座って頭をさげている。

「お待たせしました」

と、言いながら上座に座る。

「突然の訪問申し訳ありません。明日、三河に帰るもので、その前に常陸様《ひたち》とゆっくり話をしたくて」

「俺とですか？」

「はい、興味があります。なぜ突如現れた常陸様が、織田家家臣の重臣になったのか、なぜあのような料理が出来るのか、なぜ不思議な見たこともない技術を知っているのか、教えていただきたく」

前置きもなしに単刀直入に聞いてきた。

「それは、義父様はご存じですか？」

答えられないときには、織田信長の名前を出すのが一番だと考えた。

実は今日は頼みの綱となる、力丸は休みだ。

365日働きづめはよくないので、屋敷勤めの家臣、森力丸、前田《まえだ》慶次、柳生《やぎゅう》宗矩、真田《さなだ》幸村《ゆきむら》は交替制で休みにした。

わざわざ力丸がいないときに、この男は来たのではないか？　そんな勘ぐりをしていると、

「いえ、個人的な興味で」

と、家康《いえやす》が薄ら笑いをしたところで茶々がお茶を運んできた。

「失礼いたします」

茶々が持つ茶碗《ちゃわん》からは湯気が立ち上るお茶。

あまりにも濃いお茶なのか、湯気まで緑色が立っている。

茶碗の中が少し見えると深緑色、いかにもドロッと粘り気がありそうな色のお茶を家康に出す。

でかした、茶々。

「さあさあ、外は寒かったでしょう、熱いお茶をどうぞ」

と、勧める茶々。

家康は織田信長の義娘の勧めるお茶を断れずに、飲んで渋い顔をし咳《せ》きこみそうになるのを必死にこらえていた。

喉に張り付く渋いお茶。

緑に染まった口元を懐紙で拭く家康。

ゴホンゴホンと、数回咳き込んでは、

「では、常陸様のご出身は？」

お茶を飲み切ってぐっと我慢の表情を一瞬したが、家康は俺の素性をどうにかして聞こうとしていると、廊下の障子戸が開いて、お江が走って入ってきて俺の膝の上に座った。

良いタイミングだ。

「お江、駄目でしょ、義兄上様は今、大事なお話中」

と、お初も良いタイミングで続いて入ってきた。

「えっと～？」

と、二人の娘を見る家康。

「あぁあ、上様の姪《めい》のお江とお初ですよ」

と、答えると追い出すわけにも、邪険に扱うわけにもいかないと言う、困った表情をする家康。

そこに追い討ちをかけるように、

「常陸様、常陸様はおいでですか？　鶏が庭に逃げてきましたよ」

と、廊下に聞きなれた元気な声が聞こえた。

「はい、こちらですが」

と、大きな返事をすると、前田松《まつ》様が入ってきた。

慶次、呼んでくれたのか流石《さすが》だ。気が利く。

「あら、三河守《みかわのかみ》様ではないですか、お久しぶりにございます。前田能登守利家《のとのかみとしいえ》の妻、松にございます」

「おぉ、前田殿の？　なぜここに？」

「はい、私は隣に住んでおりますので上様から若齢の二人の世話役を仰せ付かっております」

と、俺すら聞いていないことを言っていた。

「三河守様こそ、どうしてこちらに？」

「いえ、三河に帰るのに挨拶にと思いまして、宴席で、とても珍しい美味なるものを食べさせていただいたので、御礼かねがね」

「なるほど、常陸様は料理上手ですから」

と、対等に家康に接する松様はありがたい。

「長居をしてしまいました。また、安土に来ましたら、ゆるりと話したいものです。あっ、よろしければ、三河見物などいかがですか？　浜松の鰻《うなぎ》や、三河湾の海の幸を御馳走《ごちそう》いたしたい」

「ぇぇ、機会がありましたら、是非」

と、俺が答えると家康は退室した。

「ふ～う」

と、ため息が出る。

何かを探りに来たのは明白だった。

家康が帰ったあと、慶次が俺の耳元で、

「忍びは見つけられませんでしたが、何者かが出入りしたようで雪に足跡がありました。念のため屋敷は、くまなく捜しましたが出ていったようです」

と、報告してきた。

おそらく、徳川《とくがわ》家康の家臣、忍びだろう。

俺を探っている？

「慶次、しばらく警護を厳重にな」

「はっ、心得ております」

慶次、仕事は意外に真面目にしてくれた。

今後、家康の動向に注意しなければ。

「幸村、配下に家康を監視させてくれ」

「はっ、すぐに霧隠《きりがくれ》才蔵《さいぞう》を張り付かせます」

茶々が、不思議そうな顔をしていたので、

「念のためだから」

と、答えた。

本能寺の変の黒幕の一人ではないかと数えられる徳川家康。

そして、その後ろにいる謎の人物、有名な謎の僧の存在が気掛かりではあった。

俺と同じように、パッと現れ突如家康に重用されたという赤い衣の僧の存在が気になる。

もしや、あの僧も転移者か？

俺以外にもタイムスリップした可能性も頭の隅にでも置いておこう。

《徳川家康視点》
黒坂常陸守《くろさかひたちのかみ》、あやつは何者なのじゃ。
天海《てんかい》も目を付けておいたほうが良いという。

森力丸《もりりきまる》不在を聞いて、屋敷に探りに行ったが、上様の姪御達《たち》が居たのも間が悪かったな。

それに前田松、前田利家が上様の昔っからの家臣のせいか、松自身も上様に拝謁出来るから、邪険に扱うわけにもいかず、困ったものだ。

服部半蔵《はっとりはんぞう》に屋敷を調べさせようとしたら、裏柳生に、戸隠《とがくし》の忍びに、前田慶次の配下……。

忍びばかり雇っているのか？

ん？　陰陽師は隠れ蓑《かくみの》？

もしや、黒坂常陸守は忍び？

上様直々の忍びの家臣か？　忍び嫌いだったはずだが。

だが、直属の忍びならば本能寺から救出したと言うのも納得は出来る。

どのみち気にとめておく必要がある人物だな。

服部半蔵の配下に気がつかれないよう見張らせよう。

「半蔵、わかっているな。遠くからで良い、見張りを付けよ」

「はっ、しかと心得ました」

◇◆◇◆◇

織田信長《おだのぶなが》に、徳川家康が来たことを茶々から報告してもらうと、翌日に呼び出された。

茶々が案内するなか茶室に向かう。

もう、何回も来ているから案内は必要ない気がするが、実感がないとはいえ、俺の妻の茶々が住んでいる場所でもあるのだから、仕方がない。

茶室は火鉢に、炭がおこされており暖められていた。

信長が来る前に、茶々がお茶を点《た》てた。

飲んで何も言わないでいると、あからさまに不機嫌になる茶々なので、

「美味《うま》い」

と、言ってあげるが心から出ている「美味い」ではないのがわかるのか、やはり不満足な顔をする。

そうして待っていると信長が入ってきて、

「儂《わし》も一服貰《もら》おうか」

と、茶々にお茶を点てさせ飲み干した。

「ふぅ～」

特に何も言わないのかい。

「常陸、家康はなんか言ったのか？」

「素性を探ってきましたが、茶々やお初《はつ》、お江や松様に割って入ってきてもらって、ごまかしました」

「そうか、松には手助けを頼んである。困ったことがあれば頼ると良い。それより、常陸

は家康が嫌いか？」

「人となりは、いかんともまだ知り得ませんが、家康が征夷大将《せいいたいしょうぐん》軍になったあとの政策が嫌いで」

「家康の政治か？」

「はい、家康と言うか、徳川幕府は国を閉ざしますから。鎖国と言って中国、朝鮮とオランダなど限定的な国としか貿易が出来ないようにしました」

『鎖国』は正確には、そのような政策はなかったらしいが、江戸時代の貿易は限定的でオランダや、清国など限定された国としかしない貿易規制。

「愚かな、なぜそのようなことを？」

「キリシタンの広がりを抑えるがためでした。俺の世では、一向一揆《いっこういっき》のようになるのを恐れたと言われています。安定した幕府を作るためとしては評価出来ますが、国の将来を考えると愚策です」

「一向一揆か、石山本願寺には苦しめられたわい」

と、飲み干した茶碗の底を見つめながら言っていた。

「未来は宗教はどうなのだ？」

「日本に限定して言えば、国民全員に信教の自由が保障されていると同時に、政教分離が法律、法度で定められており、政治に影響力はありません」

「政教分離と言うのか」

「信長様が、比叡山《ひえいざん》焼き討ち、一向一揆を武力で討ち滅ぼしたからと言って良いと思いますよ。あのまま比叡山や石山本願寺に力があったらと思うと」

と、俺が言うと信長は明かり取りの障子戸を開け外を見ていた。

「そうか、あれがそのように影響するのか」

と、聞こえるか聞こえないかの声で呟《つぶや》いていた。

実際、比叡山焼き討ちの結果は大きく、その後、豊臣秀吉《とよとみひでよし》も徳川家康《いえやす》も支配がしやすくなっている。

「家康には、屋敷には行かぬよう言っておく、それと、正月の宴席の料理の褒美じゃ、蘭《らん》丸《まる》」

「はっ」

外に控えていた蘭丸が風呂敷に包まれた物を持って茶室の入り口に置いた。

それを茶々《ちゃちゃ》が広げてくれる。

ん？　真っ赤な布？　ん？

と、手に取り開いてみると真っ赤な厚手の布に金で揚羽蝶《あげはちょう》の家紋が入ったマントだった。

派手だ。

「常陸《ひたち》は寒い寒いと、火鉢に当たりっぱなしだと聞いたからな」

「ありがとうございます。安土《あづち》は意外に寒くて。故郷の常陸の国は雪、滅多に降らないもので」

と、言うと信長は口元をニヤリと緩めて何も言わずに出ていった。

真っ赤なマントや陣羽織って博物館に飾ってあるけど、まさか俺が着るようになるとは。

そして、マントには一枚の目録が添えられていた。

『二十万石に加増する』

「蘭丸、これは？」

「はい、先の城の建築技術向上の褒美と、茶々様の輿入《こしい》れで化粧領を併せてのことだそうです。面と向かって加増を言い渡すと常陸様はお断りになるからと」

「十万石から一気に二十万石？　良いの？」

「上様はそれでも少ないと思っていますよ」

「義父上《ちちうえ》様の評価は適正なものと私も思いますが」

と、蘭丸と茶々。

「わかったよ。一城の主《あるじ》として、いろいろ出費もあるだろうから、受け取らせていただきます」

と、返事を伝えた。

◇◆◇◆◇

うちの食事は多彩だ。

肉も普通に食べるし、卵も毎日産みたて、取りたてが手に入る。

ただ、不満がある。

それは調味料。

基本的な調味料として、塩、味噌《みそ》、酒、酢、それと砂糖も高級品だがある。

さらに、薬として輸入された香辛料を使ってカレーだって作れる。

抹茶と塩を混ぜたり、カレー粉と塩を混ぜたりしている。

しかし、醤油《しょうゆ》がない。

つたない知識では、醤油って江戸時代のイメージが強い。

台所で味噌の入った瓶の蓋を開け考えた。

味噌と醤油、途中までは製造工程はほとんど同じと聞いたことがあるが、高校生の知識ではかなり曖昧。

成人した社会人だって、興味がなければ、わからないだろう。

農業高校・農業大学にでも行っていれば、習うのか？

醤油の製造って千葉が有名だけれど、茨城も筑波《つくば》とかは盛んだったんだよなぁ、もっと勉強しておくべきだったかな。

当たり前にスーパーやコンビニで手に入ってしまうものの製造を勉強出来ないって、学校教育って偏っているよな。

食育が盛んでないから、食べ物の大切さが失われている気もする。日本が裕福になりすぎた弊害か？　魚だって切り身で泳いでいると思っている小学生もいるらしいし。切り身で泳いでいたら気持ち悪い気がするが。

「どうしました？」

と、味噌瓶をマジマジと見ている奇怪な行動をしている俺に、桜子《さくらこ》が恐る恐る声をかけてきた。

うん、大丈夫、心が病んでいるわけではないから。

「いやね、醤油が欲しいなぁと思って」

「しょうゆ？　ですか？　聞いたことなくて、すみません」

「簡単に言えば味噌を搾った液体みたいなのなんだよ」

「御主人がおっしゃいます『しょうゆ』かは、わかりませんが、味噌の上澄み液の『たまり』と言うものならありますが」

「ん？　たまり？　たまり醤油？　え？　あるの？　醤油？　え？」

すぐに手に入れてもらう。

届けられた『たまり』と、呼ばれる液体を白い小皿に少し垂らしてみる。

あれ？　お、おぉぉぉぉ、醤油だ。

少し濁りはあるものの見た目、醤油。

指に付けて舐《な》めてみる。

「醤油あるやん！」

驚いた、この時代に来て醤油ないと思っていたけど、あるんだね。

『たまり』と、呼ばれる液体だけを購入出来るように今井宗久《いまいそうきゅう》に頼むと、鎌倉時代だかにはすでに、味噌とは別に作られ出している醤油に近い液体があることが判明した。

早くに聞いておくべきだった。

本当に意外に何でも揃《そろ》うんだね、安土桃山時代。

日本の食文化って、この時代に完成したのでは？って思えてくるよ。

うちには商人は今井宗久を筆頭に、津田宗及《つだそうきゅう》、千宗易《せんそうえき》が出入りしている。

貿易都市、堺《さかい》を代表する三人の大商人で織田信長の茶道衆。

津田宗及などは堺の奉行職にもなっている。

この大商人のおかげで必要なものは、ほとんど揃う。

もちろん、お金は払うから客ではあるし、リバーシーの製造販売も認めて売り上げの一部を貰っている。

鉛筆もまたその一つ。

最近は、カレー粉の製法も教えた。

こちらも販売の売り上げの一部を貰う契約になっている。

高級滋養強壮薬として販売しているらしい。

かなり潤っているらしく、持ちつ持たれつの関係だ。

しかし、無理難題の注文をしている自覚もあり、なにか礼をしたいと考えた。

近江《おうみ》大津城城主になるのだから、城出入りの御用商人として三人を任命する。

さらに、近江大津城下のメイン通りに店を構える許可を出した。

やはり、京の都と安土を結ぶ交通の要所での店を構える許しは、三人には願ったりかなったりのことらしく、大きな蔵を持った店を作り始める。

って、この三人、日本の茶道文化構築の立て役者って呼べる人物なのに良いのかな？と、危惧すると、いらぬ心配だった。

織田信長のお茶に対抗意識を持つ茶々が三人を師匠にすることで、茶道文化の発展は続くことになる。

流石《さすが》に俺の時代への関与で、日本の美しく伝えていかなくてはならない茶道文化が廃れなくて良かったと、後々感じることになる。

まだ建築中の近江大津城も、本丸御殿の離れの茶室のプロデュースを千宗易に頼んだ。

出来上がりが楽しみだ。

◇◆◇◆◇

寒がりの俺にとって風呂は体を温めるのには最高だ。

しかし、安土の冬は寒く温まった体もすぐに湯冷めがしてしまう。

なんかないかな？　と、徳川《とくがわ》家康から送られてきた三河《みかわ》の蜜柑《みかん》を食べながら、ちょっと考える。

温泉をどこからか買うか？

運んでもらうって言うのは贅沢《ぜいたく》だな。

江戸時代、将軍は江戸城に箱根や草津から湯を運んだらしいが。

茨城だと搗布《かじめ》って言う海藻入れたお風呂も宿であったな。

あれもなかなか良いのだけど。

変わり種だと、鮟鱇《あんこう》コラーゲン入り風呂の宿もあったな。

入る機会はなかったけど、肌はスベスベしそう。

鮟鱇並みにスベスベの肌を想像する。

鮟鱇の黒いぬめっとした肌……濡《ぬ》れた全身タイツ……エロい。

手元の蜜柑を食べ終わり、皮を屑籠《くずかご》に入れようとしたとき、

「あっ！　柑橘《かんきつ》風呂があるじゃん」

しかし、平成と違い余るほどあるわけではなく無駄には使えない。

三河の徳川家康から送られてきた蜜柑は高級品だそうで、桜子達《たち》はありがたがっていたし。

なら、蜜柑の干した皮や食事に使った生姜《しょうが》の皮を粉にして入浴剤代わりにしたらどうだ？

簡単な薬湯を思い付く。

そういえば、葛《くず》が入った入浴剤って気持ち良いし温まったな、と思い出す。

葛粉も食料、無駄には出来ないか？

聞くだけ聞いてみるか。

梅子《うめこ》が食材を町に買いに行くと言うので、今井宗久の店で捨てるような葛粉はないか聞いてもらった。

今井宗久は不思議がったらしいが、ちょうど色が悪く品質も今一つの葛粉、大商屋としては売りたくはない葛粉があるらしく、それを貰《もら》ってきてくれた。

お金は払うと言ったそうだが、そうなると名前にかけて売りたくないとなったらしく、押し問答になり結局貰うことにしたそうだ。

今井宗久としては、うちとの取り引きで儲《もう》かっているから葛くらい差し上げると言っていたそうだ。

「御主人様、今井様がお召し上がりになるなら上等のを揃えると言っていましたがのです」

「いや、食べないよ。お風呂に入れて使うの」

「え？　葛粉をですか？」

「そうだよ。簡単に言うと薬湯だよ。お湯が少しとろみがあると体が温まるし、ヌルッとした感触が気持ち良いんだよ。それに葛は神経痛や冷え性の改善にも使われるんだよ」

植物としてはかなり厄介な物だが、葛餅や葛湯が出来る。

部位によっては風邪のときなどに飲む葛根湯《かっこんとう》にもなる。

何でも、育ちが早いから飼料に使われているそうだ。

入浴剤マニアだった俺は、ドラッグストアや百均で買っては、自宅でいろいろな入浴剤を試した。

ゼリー風呂なる入浴剤まではいかないが、葛粉でとろみを持たせた入浴剤もあった。

冬場の愛用品。

その夜、蜜柑の皮・生姜の皮の粉とともに葛粉も少々入れて即席簡易薬湯にする。

「ぬはぁぁぁぁ、おぉぉぉぉお、気持ち良い」

「御主人様、なんかジジくさいです」

と、火守をしている桃子《ももこ》は外で笑っていた。

「気持ち良いぞぉ、桃子もあとで、この湯でちゃんと温まるんだからな」

「はい、ありがとうございます」

と、面と向かってなければ緊張なく話せる桃子とは、二人っきりのときは主従の関係も薄らいでフレンドリーだ。

10分ほどすると、

「御主人様、温まりましたか？」

と、桜子がいつものように薄い布の着物を着てたすき掛けで膝まくりをしてヘチマを持って入ってきた。

「あぁ、今日も頼む」

と、背中を洗ってもらう。

もう日課なので慣れ、背中を洗ってもらっていると、

「くちゅん、くちゅん、くちゅん」

と、可愛《かわい》いくしゃみをする桜子。

「おっと、風邪？」

「いや、大丈夫です」

と、言うが、背中に当たる手は冷たい。

「駄目。ちゃんと寒いときには寒いって言わないと。自分自身を大切に出来ないのは、嫌いだよ。風邪を引いたら俺が困るって思いなよ」

「はい、ごめんなさい。くちゅん」

下女と言う身分のため、我が儘《まま》や愚痴など一言たりとも言わない桜子達。

「桜子、命令、風呂に浸《つ》かりなさい」

「え？」

「俺には背中向けた状態で湯船に入りなさい」

童貞の俺には難易度は高いが、それでも桜子の冷えのほうが心配で、湯船に入るように言うと、それが命令であるため桜子は、しゅるしゅると帯ひもをほどき着物を脱いで一かけ湯を流して湯船に浸かり、

「御主人様、命令通り入りましたので御主人様も」

狭い五右衛門《ごえもん》風呂だが、桜子と二人で入るくらいの大きさはあり、俺はいろいろと我慢をしながらも湯船に浸かった。

見たい気持ち、触りたい気持ち、舐めたい気持ち……いろいろ、性欲我慢。

流石に風呂を見ないと入れないので、湯船を見ると、葛湯のヌルッとした湯が、桜子の柔肌やうなじをテカらせていた。

月明かりと行灯《あんどん》の灯《あか》りでも、その艶やかさは美しく感じる。

むしろ、その明かりだからこそ艶やかに見えるのかもしれない。

「あ～姉様、良いなぁ～」

と、外から桃子の声。

「今日は特別だからな」

背中に当たる桜子の背中を感じながらも俺は我慢した。

桜子は湯船に一緒に浸かっている間、言葉を発することはなかった。

じっと入る桜子。

空気は、何だかお互いの緊張を感じる。

でも、温まりたく15分ぐらい浸かって俺は風呂を出る。

「桜子、ちゃんと温まってな。桃子も誰かと交替してもらって入りなよ」

「はい、御主人様」

と、外から桃子の声が響いた。

湯帷子《かたびら》を作らせよう。

湯帷子なら混浴も問題がない。

そうすれば、背中洗いの桜子《さくらこ》達も一緒に温まることが出来る。

薄い麻布で丈が短い着物を発注した。

《桜子視点》

「姉様、大丈夫？」

「うぅ、うん」

「驚いたねぇ、御主人様が一緒に入れって言うなんて」

私は緊張から桃子の声にも返事が出来ないでいた。

抱かれても良いと思っている。

いや、むしろ抱かれたいと思っている。

茶々《ちゃちゃ》様に遠慮して抱かないことも知っている。

だけど、突然、混浴って……。

背中側に感じたお湯とは違う御主人様の温《ぬく》もり。

温かい心が伝わってきた。
御主人様、その温もりを私は早く欲しく存じます。

《梅子視点》

私は今日はお風呂は最後の順番。
火を落とす前に、湯船のお湯を熱めにしてから火の始末をしてお湯に浸かった。
御主人様が考えた薬湯。
肌にまとわりつく湯が、いつもとは違う感触。
初めは気持ち悪いと思ったが、肌をこするとスベスベとする。
しかも、不思議と温まるのと、蜜柑の皮の良い匂いがする。
ん？　なんか、私が料理されているみたい。
私達に味付けをして、御主人様は食べるのかしら？
と、考えると体よりも頭が熱くなってしまった。
流石にそれはないよね。
はぁ～でも、このお風呂、気持ちいいな。

◇◆◇◆◇

寒い冬でも屋敷に閉じ籠もっているわけにもいかない。

一応は城主に任命されてしまった以上は、任せっきりにはしたくはない。

後の世で、築城の名手の一人として名の残る蒲生氏郷《がもううじさと》が築城奉行でもだ。

視察に行くことを力丸《りきまる》から蘭丸《らんまる》に伝えると、信長《のぶなが》は安宅船《あたけぶね》を貸してくれる。

まぁ、領内は勝手自由なのだから、勝手に街道を馬で行く手段もあるのだが、単純に船のほうが早い。

もちろん、茶々達も同行する。

茶々は妻であるからわかるのだが、お初《はつ》とお江《ごう》は完全にプチ旅行気分。

こう言うときじゃないと城から出られないらしい。

幸村《ゆきむら》、今日も世話、あ、いや、護衛は頼んだよ。

今日は、桜子達も同行させる。

どことなく不安を見せていたからだ。

本当に近江《おうみ》大津城でも働けるのかと。

俺に直接的には言っては来なかったが、何気に仲が良いお江が、そっと教えてくれた。

「マコ～桜子ちゃん達も連れて行ったほうが良いと思うよ。不安になっているみたいだから」

と、教えてくれた。

冬の琵琶湖《びわこ》は寒い。

水の上なのだから当たり前だが、日本海から吹く風が寒さを増して身に染みる。

船旅なら、お約束のデカ●リオごっこをしたいものだが、いかんせん寒い。

修学旅行の最終日には、琵琶湖クルージングディナーが予定に入っていたので、告白を成功させて、萌香《もえか》とすることを妄想していたが、それは出来ない。

今は、茶々という美少女妻がいるのだから茶々とすれば良いのだろうが、元ネタがわからなければ面白みもないだろう。

せっかくだから貰《もら》った、この場合、拝領したと言うべきなのか、赤いマントを着た。

俺の服は、基本構造的にタイムスリップをしたときに着ていた学ラン型の服を作ってもらって愛用しているので、学ランに赤いマント、さらには腰には太刀、と言うなんとも言えないミスマッチな服装になっている。

マントや陣羽織って意外に博物館に残っていて目にしてきたが、和装と合うっていうのが少し不思議な感じがする。

マントで体は温かいが頭が寒い。

真田昌幸《さなだまさゆき》が持ってきた毛皮で帽子を作ってもらおうかな。

ロシア風みたいなのを。

マタギの人とか被《かぶ》ってないのかな。

茶々達《たち》はいったい何枚、着物を重ね着しているの？っていう感じで襟が見える。

十二単《じゆうにひとえ》と、言うのだろうか？

流石《さすが》に十二枚は着ていないだろうが、重たくないのだろうか？

毛皮あるからベストでも作ってプレゼントしようかな。

力丸達は毛皮で作られた陣羽織型のを着ている。

ニホンオオカミの毛皮らしいが、基本的には薄着。

この時代の人は寒さに強いのか？

我慢大会みたいで見ているこっちのほうがますます寒くなるよ。

安宅船の中では火鉢にずっとあたっていた。

前回と同じく、茶々のひざ枕で。

今回は服が何枚も重なっているせいか、少し柔らかい。

「常陸《ひたち》様は軟弱ですね」

と、だけ茶々は言った。

寒がりなとこ？　船酔いしやすいとこ？　と、聞こうとしたが、口を開けば言葉ではなく違うもの、液状の物が出てきそうなのでやめた。

お江が船内を走り回っているので、お初と幸村は追いかけている。

元気だなと、感心してしまう。

冬の風が強いせいか揺れが酷《ひど》いので、起きているのは辛《つら》く、茶々のひざ枕で目を閉じた。

うとうとと眠りに入ったころに、

「着きましたよ」

と、起こされる。

栈橋に接岸していた安宅船、先にお江達は幸村とその下の家臣を連れて降りたらしく俺と茶々、力丸と宗矩《むねのり》が降り立つ。

今日も慶次《けいじ》は留守番と言うか、安土《あづち》屋敷留守居役に任命したので俺が近江大津城に住んでも慶次には安土屋敷に居てもらう。

俺の家臣の中で年長であるため留守居役と言うのは本人も半ば諦めている。

俺は栈橋に降り立ち見上げた天守には、指示した通りに、俺が提案し信長が『受雷神《じゆらいしん》槍《そう》』と名付けた、避雷針が屋根に高々とそびえ立っていた。

しかも、よく見ると龍が天に昇るような装飾がしてある。

短期間でよく作れるものだと、感心してしまう。

出迎えた蒲生氏郷。

「龍が良いね」

って、感想を言ってあげると、

「鯱《しやちほこ》を鯉《こい》に見立てました。滝を昇る鯉は龍になると言う伝説がありますから、縁起がよろしいかと」

魔除《まよ》けやら風水？　鬼門除けやらで屋根瓦に陶器で作った鍾馗《しようき》様やら桃やら、いろいろ載せる風習があるのは知っているが、龍が装飾されるのは、神社みたいでなかなか、かっこよい。

ただ、避雷針としての役目が果たすよう作られていなければ意味がないわけで、天守に近付いて見ると、指示した通りに銅製の鎖が地面に繋《つな》がっていた。

念のため鎖を引っ張ってみるが抜けず、しっかり地面に埋めてあるみたいだ。

形としてしか俺は知識がないので、避雷針として正解なのかはわからないが、これなら流石に雷も地中に行くだろうとは思う。

鎖を引っ張ってみる俺に氏郷は、

「抜けぬようにしっかりと、三尺以上は地中に埋まってます」

と、言う。

確か一尺は30センチ弱な筈《はず》だから1メートル近くは入っていることになる。

これなら台風でも抜けないだろう。

琵琶湖に突き出した形の大津城、周りには高いものがないので雷の格好の餌食。

せっかくの城なのだから、燃やしたくはない。

前回は出来ていなかった櫓《やぐら》の鯱も、指示通り銅製で作られているらしく、まだ酸化していないため、黄金に輝いていた。

それにはちゃんと、銅製の鎖が地面に繋がっていた。

新しい日本の城の設備を完成させてしまったようだ。

壁が張られ形になりつつある御殿。

天守のある本丸に東西に分かれて存在する。

渡り廊下でつながっているとはいえ、二軒の家が存在するみたいだった。

最初の視察では存在しないはずであったが、本丸御殿屋敷が二軒あるような形。

信長用寝所は奥二ノ丸に建設中のため、御成《おなり》御殿はある。

この城なら御殿は二つあれば良いはずなのだが、合計三軒の御殿。

ん？　おかしくないか？

「氏郷、本丸御殿はまるで二軒の御殿があるみたいなのだが？」

と、図面と今、目の前に建てられている御殿を見ながら氏郷に聞いた。

「はい、え？　聞いておられませんでしたか？　お市《いち》様が入られますが」

と、言う言葉に茶々を見ると茶々は大きく首を横に振って、

「母上様からは聞いていませんが」

と、言った。

氏郷が、

「上様の御指示なので」

出戻った妹を誰かに預けることは、この時代には普通にあるのは知っていたが、まさか、
それを俺がするのか？

義母との生活……。

俺は入り婿ではないのだが、うううぅぅ。

建設中の御殿を両方見ると、台所も風呂も別々に作られていた。

二世帯住居？　まあ、これなら諦めは出来るか。

安土城屋敷に住んでも良いみたいだし、逃げ場はあるか。

お市様が住む御殿は任せるとして、俺が住む御殿の中に入る。

前回、注文しておいた、テーブルに囲炉裏《いろり》が合体した、まるで焼き肉屋さんのテーブルの長いバージョンが目に飛びこんだ。

「おぉお、これだよこれ、中々良いじゃん、これで温かい料理が食べられるよ、しかも、ちゃんと椅子も出来ているし、すごいじゃん」

と、まだ灰の入っていなく、銅板が金色に輝く囲炉裏を撫《な》でながら言った。

「今井《いまい》宗久《そうきゅう》とルイス・フロイスに手配させました」

ルイス・フロイス……南蛮の宣教師。

織田《おだ》信長の写真のような肖像画を残す人物だよね？

まだ会っていないのに、手伝わせたの？　見返りはなに？

一度、南蛮寺に顔を出さなきゃならないだろうね。

「で、でして、城下での布教を認めてほしいと言っておりました」

と、氏郷が言う。

そう言う権限って俺にあるの？　織田信長の権限な気がするが、確認しないとならないな。

後ろで前回同様、俺の言葉を書いている宗矩に要確認のチェックを入れさせた。

城下の統治も、やはり考えないとならないのか。

新品の椅子に腰を下ろし肘を突き顎を手に乗せ考える人になった。

火が入っていないので寒く身震いがする。

じっとしていたら凍りそう、他も早く見て帰らないと体が冷え切り風邪ひきそう。

織田信長が京の都に行く途中に寄ることも考え、建設を決めた奥二ノ丸御殿。

本丸天守、御殿より遅く建てたのにも拘《かか》わらず、形が完成しつつあった。

遅れを取り戻そうと総動員したのと、俺が提案したパネル工法で建築速度を上げたらしい。

総銅板で作られた屋根に金色の鯱と、真ん中には銀色の受雷神槍と言う名が付いた避雷針が光り輝いていた。

はっきり言って、俺が住む御殿より豪華だ。

中に入ると、この時代、最高級品である畳が廊下にも敷き詰められていた。

広間は三十畳ほど、奥には上段の間が出来ている。

襖《ふすま》は金の下地に、中国の三国志だかなんだかわからないが、おっさん達が描かれ、天井には様々な花が描かれていた。

狩野《かのう》派絵師を総動員したらしい。

この城、平成まで残すことが出来るなら間違いなく国宝になるよ。

そんな和室に似つかわしくない、長いテーブルと椅子が置かれているが、俺が求めている、信長《のぶなが》が座るための特別な椅子は、まだ置かれていなかった。

「左甚五郎《ひだりじんごろう》は見つからない？」

前回の視察で日本史史上一番有名であろう彫刻師、日光東照宮の陽明門の眠り猫の作者、左甚五郎を捜すように頼んで、領内で高札を掲げて捜してもらったが、見つからなかったようだ。残念だ。

「はい、領内にはいない様子で」

だいたい、左甚五郎が今、何歳なのかも不明。

まだ誕生していないか、子供なのか、違う名なのかもしれない。

この時代、改名することなど、よくあることなのだから、捜すのには無理があったのか？

「御大将、京の都の宮大工の彫刻師に発注しようと思いますが、よろしいでしょうか？」

と、氏郷《うじさと》が聞いてきた。

仕方がないのでそれを了承すると、実はもう作られているとのこと。

奥の襖が開くと、大きな一人がけのソファーのような椅子、クッションは南蛮からの輸入したものなのだろうか、ベルベットと言うのかビロードと言うのか細かな模様が施された触り心地のよさそうな生地で作られ、背もたれの頭の上に来る部分には、今にも飛び立ちそうな、躍動感ある鳳凰《ほうおう》が彫刻され金箔《きんぱく》が黄金の輝きを放っていた。

「すごい、まるで生きているようだ」

「はい、私も完成品を見て驚きました。若いながらも驚くべき才能の持ち主でして、このようなものが出来上がりました」

「その彫刻師に会いたいのだけど」

と、氏郷に聞くと、

「召し抱えようとしたのですが、この椅子ともう一脚を完成させると、旅に出てしまいまして」

「そっか、それは残念だね、もし、また会うことがあったら是非、会ってみたいからよろしくね。そのもう一脚は？」

「はい、私はそちらの椅子はどうかとは思うのですが、力丸《りきまる》殿が御大将の御趣味だというので……こちらです」

と、布に隠された椅子が運ばれ、布が取られる。

「……ぬおぉぉぉぉぉぉぉ、なんじゃこりゃぁぁぁ、なんで？」

と、力丸を見ると、

「御大将が描いていた絵を下絵にして、作らせましたが、だめだったでしょうか？」

「凄《すご》く良い、良すぎる、めっちゃ良い。背もたれ両脇に美少女萌《も》えキャラの彫刻のある椅子！　秋葉原でも見たことがない」

椅子の背もたれの両脇にはピンク髪の鬼娘と、青い髪の鬼娘が彫刻されていた。

俺のたった一枚のイラストから彫刻された、鬼娘メイド……立体的に彫られリアル感が最高だよ。

しかも、色彩まで再現されている。

たまたま興に乗って書き込んだイラスト。

今にも、『変態さんですね』と、言ってきそうなくらいに、リアル感が半端ない。

「絶対、この作者、彫刻師と会いたい。そして家臣にしたい。頼んだよ」

と、氏郷に伝えた。

おそらく、これが左甚五郎なのだろう。

名前ではないのか？　本名は違うのかな？

気になる。

これだけの彫刻が彫れるのなら、美少女フィギュアも彫れるのではと、ちょっと期待してしまう。

等身大美少女フィギュアを部屋に飾る夢、実現出来そうな気がする。

そう言えば、平成に残してきた美少女フィギュア。

誰にも見られませんように。

俺のいないところで見られて、俺の性癖を勝手に詮索はされたくはない。

そんなことを考えながら椅子を丹念に見ていると、冷ややかな冷たい氷の魔女のように凍《い》てつく視線を感じた。

同じ言葉の繰り返しになっているが、そう表現したくなるほどの視線。

「茶々《ちゃちゃ》……？」

「御自身の部屋に置いて下さい。そのような椅子で、来訪者と拝謁などしようものなら、嘗《な》められるは必定」

「うっ、確かに……うん、俺の執務室で使わせてもらうよ」

この椅子がこのあと、萌《もえ》文化革命の一歩となることを誰も気がつかないでいた。

俺すらも……。

近江《おうみ》大津城は、奥二ノ丸とは別にもう一つ二ノ丸がある少し変わった縄張り。

まあ、城は百あれば百違う縄張りだから近江大津城が変わっていると言う言い方は、間違いなのだが、それでも少々複雑な縄張りをしている。

本丸を一ノ丸と数えるなら、奥二ノ丸を二ノ丸にして、二ノ丸を三ノ丸に命名すれば良いわけだが、そうなると三ノ丸が四ノ丸になってしまう。

四ノ丸は死ノ丸と言う縁起の悪い名前になってしまう。

基本的には四ノ丸はなく、何らかの違う名前になる。

近江大津城は、それが奥二ノ丸にあたる。

奥二ノ丸には織田信長の寝所になる御殿を建築中、二ノ丸には大広間が中心となる評定の間・対面の間が作られていた。

こちらは、なんの飾り付けもない、広い板の間、家臣やら格下の来客と会うのに使うらしい。

板の間、寒いから、床暖房ないのかよ。

次、城を作る機会があったら考えよう。

三ノ丸に案内されると、何頭も入る大きさの馬小屋に駆け回るための公園みたいな広場、馬場が、東側に作られ、すでに何頭か飼われていた。

お初《はつ》とお江《ごう》が馬防柵の外から馬を撫でていた。

西側の三ノ丸には俺が頼んだ豚舎と鶏舎が作られていた。

って、どれだけ飼うつもりなの？　なんか、やたらでかいんだけど、養鶏業者になれるよ。

田舎の農家が庭で飼うレベルで注文したんだけどな。

まぁ、もしものときには兵糧に出来るから良いのか？

城内には、味噌《みそ》蔵や酒蔵を持った大名もいたらしいが、うちはそれが養豚、養鶏業になるわけだな。

馬をしばらく撫でていたお江。

「マコ～帰ろ～」

始まったよ、うちの義理妹、お江のわがまま。

まぁ、帰るか。

今回は、前回の指示がなされているのを確認出来たし、なにより寒い。

「お江、義兄上《あにうえ》様はお仕事なんですよ」

と、お初が注意していたが、飽きたのはわかるし、体が冷えてきている。

お江の頬は赤くなり、寒そう。

俺も寒いのが苦手だ。

赤いマントにくるまり、ミノムシのようになっている。

義理妹達《たち》も体冷やして、風邪でもひかせたら大変なことになる。

この時代、風邪だって死因になる病気だ。

甘く考えてはならない。

先に茶々達に安宅船《あたけぶね》へ戻るよう指示をして、俺は氏郷案内で城全体を足早に一周した。

「御大将、城に主神を御迎《おむか》えしたいと思いますがいかがでしょうか？」

と、氏郷が安宅船に向かう道すがら言った。

「主神？　神社ってこと？」

「はい、地元の神と御希望の神がおられましたら奉りますが」

本丸天守の最上階に神棚があったり城の郭《くるわ》の中に、小さな神社があったりするあれか？

だったら、選択は簡単。

「常陸国《ひたちのくに》の鹿島神宮からの分社をお願いしてもらえるかな？　武甕槌神《たけみかづちのかみ》を主神としてお祀《まつ》りしたいけど大丈夫かな？」

「神社なら問題なきかと」

「ん？　問題ある場合ってあるの？」

「えぇ、比叡山《ひえいざん》がすぐ近くですから、もともと、坂本の城は西近江を治めるためと、比叡山を監視するための城でした。この度、破却され、この大津に新しい城が築かれるわけですから、比叡山の監視や僧兵とのことも考えねばなりません。南蛮の神を入れれば、いらぬ争いになるかと」

比叡山の押さえ。

根本中堂《こんぽんちゅうどう》全部を焼き払ったわけではないようで、未《いま》だに寺としては存在する。

また武装しないかと、見張らねばならないらしい。

いやいや、そんな重要な場所を俺に預けて良いのか？　と、改めて疑問が湧いてしまう。

織田《おだ》信長は無駄なことはしない。

なにか、考えがあるのか？

俺が鹿島神宮を崇拝していることに関係があるのだろうか？

機会があったら聞かなければ。

と、思いながら安宅船に乗った。

◇◆◇◆◇

夕暮れ時の琵琶湖《びわこ》、行きよりも風が強く、いつもは静かな湖面が波立っていた。

「御大将、北から吹く風が強く、安土《あづち》に戻るのに進むのが遅く、このままでは深夜になってしまいます。時もですが、風が危険で」

「確かに揺れが強いな、力丸、このあたりで泊まれる場所とかないの？」

「あります。旧坂本城の近くの雄琴《おごと》温泉などいかがでしょうか？」

「温泉？　温泉あるの？」

滋賀県には温泉のイメージがなかったが、何でも開湯八百年からなる温泉、雄琴温泉が琵琶湖の湖畔に面しているという。

滋賀県に温泉のイメージがないのは、火山がないからだ。

茨城県と一緒だな。

茨城県も火山はない。

よく勘違いされるが、筑波山《つくばさん》は火山ではない。

だが、茨城にも温泉は存在する。

古くからあるので有名な所は、日本三名瀑《めいばく》の袋田《ふくろだ》の滝近くの袋田温泉だ。

この時代なら、もう開湯しているはず。

いつか行きたいものだ。

茨城を愛する俺としては、茶々達に見せてやりたい茨城自慢の景色。

それより今は、どこかで風、波が落ち着くのを待ちたい。

「茶々、泊まりは平気なの？」

と、念のため聞いてみると、

「なにをおっしゃっているのですか？」

と、不思議がられてしまった。

「いや、ほら、お市《いち》様に怒られないかって話」

未成年の女子と外泊すると言うことを親の承諾なしで、良いのか？　と、いう平成的な倫理的価値観から聞くと、

「ふふふふっ、おかしなことを言いますね。私は真琴《まこと》様の妻です。夫とどこに泊まろうと問題ありますか？」

「あぁ、それもそうか。って、お初達も泊まりになるわけだけど」

と、聞くと
「母上は浅井《あざい》に嫁いでからは、琵琶湖のそばで幾年も過ごしてきています。時には船が風で進めなくなることも知っているので、私達が船で行くと言うことは、それもわかっていて見送っていますから」

「なるほどね。なら、今夜は雄琴温泉宿泊とする」

と、茶々に言うと、襖《ふすま》がいきなり開いて、

「マコ〜、今日、温泉に泊まるの？」

と、お江が顔をのぞかせた。

「ああ、風が強いからな、安全最優先で温泉に宿泊する」

「わ〜温泉温泉、温泉だ〜」

と、お江は喜ぶと、お江の後ろから、

「覗《のぞ》いたりしたら、承知しないんだから」

と、お初は顔を少し赤くしながら言っていた。

「誰が覗くかぁぁあ、そんなお子ちゃま体型」

「うわ、なんかわかんないけど、カチンときた」

と、お初に一発蹴られた。

「これ、お初」

と、代わりに茶々が怒っていたが、微妙なお年頃なのだから大目に見てあげよう。


近江大津城から出港して北風に流されながら、坂本城があった辺りを目指す。

近江大津城からは意外に近く、夕暮れ前に着くと、宿が数軒見える宿場町が見えた。

桟橋に接岸すると、先に森力丸《もりりきまる》と真田幸村《さなだゆきむら》とが船を降りて、宿の手配と警護の手はずを整えるという。

元々、明智光秀《あけちみつひで》のお膝元。

さらに織田家に遺恨を持つ比叡山とは目と鼻の先。

用心に越したことはないので仕方がない。

船から西に沈む夕焼けを見ながら待っていると、沈みきる前に迎えが来た。

森力丸が連れてきた人物は、額に汗をかきながら、急いで着たであろう少し着崩れている、紋付き袴《はかま》姿で慌てている様子だった。

「御大将、雄琴温泉の元締めの宿を貸し切らせていただきました」

「雄琴温泉湯守をしております。元締め雄琴屋長《おごとやちょう》兵衛《べえ》にございます。本日は、かの有名な黒坂常陸守《くろさかひたちのかみ》様をお迎え出来ることを光栄に思います」

と、紋付き袴姿の中年男性が挨拶してきた。

「急な宿泊で申し訳ない。世話になる」

と、少し偉そうに挨拶を返した。

これから、この雄琴も領地なのだから、少しは偉ぶらねばならない。

「はっ、出来うる限りのおもてなしをさせていただきます」

「そう言う無理はしなくて良いから。冷えた体を温められるのと、空腹を満たして、暖かく眠れれば良いので」

「マコ～早く行こうよ～」

と、お江が急かす《せ》ので、宿に案内してもらう。

雄琴屋は港から歩いて5分程の琵琶湖のほとりにある宿屋だった。

真新しく建て直された様子。

「明智が謀反を起こしたときに坂本城を攻めたので、宿場町にも被害があったのですよ」

と、力丸が教えてくれた。

「そうか、今は復興途中か？」

「はい。領主次第ではこのようになります」

戦国時代の常識とは言え、戦に巻き込まれてしまうと言うのは、なんともかんとも……。

案内された宿は、温泉の湯守をしているだけのことがある立派な大きい宿だ。

その宿の、一番大きな部屋に案内された。

「むさ苦しいところですが、どうぞお休みいただければ」

「マコ～お風呂一緒に入ろう」

と、お江は腕にしがみついてきた。

「何を言っているの」

と、お初は怒っている。

「お江姫様、御主人様のお背中を流すのは私達の役目です」

と、桜子《さくらこ》が言う。

「温泉は静かに入らせてよ。長兵衛、風呂に案内してくれ」

俺が先に一っ風呂浴びなければ、同行する家臣達も風呂に入れないので、さっさと風呂

に入ろうとすると、

「やだ、マコと入る」

と、お江《ごう》が珍しくだだをこねた。

「お江、嫁入り前の姫が何を言っているんですか。駄目です」

と、茶々《ちゃちゃ》が叱ると、

「マコに貰《もら》ってもらうから良いもん」

と、頬をぷっくりと膨らませた。

「お江、流石《さすが》に風呂はなぁ」

と、お江の頭を撫《な》でながら言うと、

「え〜〜、どうしても駄目？」

と、涙目のうるうるとした瞳で訴えてきた。

「うっ、桜子、湯帷子《かたびら》ある？」

女性を泣かせることは何が何でもしたくはない。

お江の多少のわがままも聞いてあげなければと義兄としての寛大さを見せたい。

「はい、ありますよ。皆様の分も」

準備の良い桜子、ナイス。

いや、むしろなんで持ってきているのかが不思議だが。

「なら、湯帷子を着て入ること。俺もふんどし着用で入るから」

湯帷子、薄い布だが一枚肌を隠すだけで大きな違いがある。

極端に言えばスパリゾートで水着で混浴しているのと一緒だ。

屋敷で俺の背中を流す桜子達《たち》に、着用をしてもらうのに作らせた、薄い布地の着物。

「マコがそれで一緒に入るって言うなら」

と、お江も納得してくれると、

「私も入るのですです」

と、桃子《ももこ》、そして、

「私だって入る。あっ、入りたいです」

と、梅子《うめこ》。

「もう、好きにして良いから、兎《と》に角《かく》、湯帷子は着ること。良いね」

と、言う茶々の視線は冷ややかだった。

案内された風呂は意外なほど大きな露天風呂で、琵琶湖が一望出来る。

太陽は沈み、月明かりと行灯《あんどん》の火で照らされていた。

お湯で体を流し入る。

湯の成分を確かめるように腕を軽く湯で流すとスベスベしていた。

「あっ、アルカリ性の温泉なんだ。これ、肌スベスベになる美人の湯じゃん。いい湯だな」と、つぶやくと、

「美人の湯？」

と、一緒に入るのをためらっていたお初《はつ》が、いの一番で着替えを済ませて現れた。

その姿を見ると、

「じろじろ見ないでよね」

と、

「いや、だから、湯帷子を着ているんだろ」

と、返すと、

「この布、薄いんだから」

と、まだ湯に浸《つ》かってもいないのに顔を赤く染めた。

湯帷子は確かに薄く、麻で作られた膝丈の浴衣みたいな物だ。

昼間なら、それこそ透けて見えそうなくらいに。

「お・ん・せ・ん〜〜〜」

と、脱衣室から飛び出てきたお江は、勢いよく湯船に飛び込んできた。

バシャンと、はじいたお湯で顔をぬぐって、

「こら、お江、風呂は走らない。飛び込まない」

と、叱ると、

「ごめんなさ〜い」

と、謝っていた。

「失礼します」

と、言いながら脱衣室から出てきた茶々は、桶《おけ》で湯をすくって全身に静かにかけて湯船に浸かった。

その隣にお初も浸かったころ、桜子達も脱衣室から出てきて、湯を流して俺のそばに浸かる。

「ちょっとあんた達、少し離れなさいよね」

と、お初は怒っている。

「私達は、御主人様のお世話をするのですから良いのです」

と、俺の手を持ち手拭いで流し始めると、

「破廉恥よ」

と、お初は怒り出す。

「いつも家でも背中を流していますのです」

「義兄上《あにうえ》様、何やらしているのよ」

「おいおい、待てよ。誤解するな。本当に洗ってもらっているだけだから」

と、桶を投げ飛ばしそうな、お初に向かって弁明する。

その間をお江が泳いでいた。

茶々は静かに湯に浸かり、なにも見なかった、聞かなかったと言う感じで、お湯を堪能している。

「マコ～このお湯、肌がスベスベする～」

と、喜んでいる、お江。

元々若いお江の肌も、さらに艶やかに見えていた。

お湯から足だけを上げては、

「ほら、こんなにツルツル、マコ～美味《おい》しく舐《な》められるよ～」

と、変なことを言い始めてしまった。

「舐めないから。この温泉は、アルカリ成分が強いんだよ。肌の古い角質とか洗い流してくれるから、美人の湯って言って良いと思うぞ」

と、言うと、

「「「「「「美人の湯……」」」」」」

と、六人が小声で一斉につぶやくのが聞こえた。

すると、静かに鼻呼吸が出来るぎりぎりまで沈み、お湯にじっと浸かっていた。

俺は温まったので、先に出る。

「程々にしとけよぉ、長湯しなくてもみんな美人なんだからな」

と、言って先に出たのだが……30分後、侍女達に抱えられて出てきた、ゆでだこ娘六人がいたのは驚きだった。

「だから、程々にって言ったのに。長兵衛、梅干しと水を持ってきて」

六人に塩分と水分を取らせて、俺は団扇《うちわ》で扇《あお》いであげる。

「だって、真琴《まこと》様の正妻として美しくないと」

と、茶々。

「御主人様に抱いてもらうのに」

と、桜子。

「あはははっ、はしゃぎ過ぎちゃった」

と、お江。

「姉様が抱いてもらえなかったときのことを考えたのです」

と、梅子。

「ももももも、申し訳ないないないです」

と、桃子。

そして、

「私だって、負けたくないんだからね」

と、謎のライバル心を燃やしている、お初だった。

誰に負けたくないのだろうか？

誰が敵なんだ？

六人は、すぐに回復した。

その日は、夕飯は鮒《ふな》の甘露煮、鯉《こい》の洗いなどの琵琶湖《びわこ》の幸で舌鼓を打ち就寝した。

次の日の朝、早起きして静かに温泉に一人浸かる。

「はぁぁあ、やはり温泉は静かなのが一番だ」

しばらく浸かっていると、桜子が入ってきた。

「おはようございます。お早いお目覚めですね」

「ははははっ、だってこうでもしないと静かに一人では入れないから」

と、言うと、

「私、お邪魔でした？」

と、申し訳なさそうに言う。

「いや、そうではないよ。賑《にぎ》やかなじゃなく、静かに入りたいだけだから」

と、言うと桜子はホッと胸をなで下ろしていた。

しばらく浸かっていると、桜子は風呂のふちの岩に腰を下ろした。

薄布は、お湯で透けてエロい。

夜とは違い、あからさまに、透けている。

肌にピッタリとくっついて、透けている。

大事な胸の部分も、桜色がわかるくらいに透けている。

綺麗《きれい》な形の胸……。

汗なのか、温泉なのかうなじに流れるしずく……美味しそう。

うっ、見なかったことにしよう。

俺はそそくさとお湯から上がり、前屈《まえかが》みで元気いっぱいになってしまった股間を隠して風呂を上がった。

《桜子《さくらこ》視点》

御主人様と混浴。

こんな機会はめったにない。

屋敷では、背中を洗うのは許されても一緒に入ることはそうそう許されていない。

たまに背中に当たる手が冷たいと、入れとは言われるが、すぐに御主人様は出て行ってしまう。

風呂好きの御主人様なら、必ず朝入るはず。

しかも、誰にも邪魔されまいと、早く入るはず。

なら、みんな寝静まっているうちに二人っきりで。

明るい朝、私の肌を見て欲情してそのまま……。

って、御主人様は逃げて行ってしまった。

なかなか頑固。

私は、いつ抱かれても良いと思っているのに。

でも、あまり積極的になって機嫌を損なっても。

なかなか難しい加減よね。

どうすれば抱いてもらえるのかしら。

◇◆◇◆◇

朝風呂のあと、強風は続いていた。

「安全最優先として、本日も泊まる」

と、力丸《りきまる》達に伝えると
「はい、姫様達もおられますので、それがよろしいかと思います。安土《あづち》には早馬を出し連絡しておきましょう」

と、同意された。

茶々《ちゃちゃ》達は言葉に出さないではいたが、温泉が気に入ったようで、喜んでいた。

俺も、久々のちょっとした湯治を楽しむつもりでいると、

「御大将、来客が」

と、力丸が、

「ん？　誰？」

「比叡山延暦《ひえいざんえんりやく》寺《じ》の僧にございます」

と、言う。

「延暦寺かぁ、会わないわけにも行かないだろう。会おう」

と、返事をした。

比叡山延暦寺は見張っていかなければならない存在だ。

再び力、武力を持たないように監視をしなくてはならない。

極端に言えば、比叡山は山城と言って良いだろう。

宿の二番目に広い部屋に通されていた僧侶。

「黒坂常陸守《くろさかひたちのかみ》だ。面をあげられよ」

と、俺は上座に座って偉そうに決まり文句を言った。

すると、四十代後半くらいの僧侶は面を上げて
「急な拝謁申し訳ございません。延暦寺座主尊朝《そんちょう》と申します」

と、延暦寺のトップだった。

「座主、自らおいでとはこれはこれは、どういったご用件で？」

「新たな領主様のお顔を拝謁し挨拶をと思いまして、本日は手土産を持参いたしました」

と、手を叩《たた》くと襖《ふすま》の外には五人の若い娘がひれ伏していた。

「手土産？」

「はい、手土産にございます」

と、薄ら笑いをした。

俺はその薄ら笑いが甚だしく気持ち悪く感じた。

「俺は、女を物として扱うのが何より嫌いだ。そこら辺の者と一緒にしてくれるな。そう言う俗世にまみれたことをしているから、信長《のぶなが》様の逆鱗《げきりん》に触れたのがなぜわからん」

と、俺は怒鳴りつけてしまった。

同席していた力丸すらも驚いている様子だった。

「これはこれは大変失礼いたしました。失礼ながら試させていただきました。なるほど、最近、左大臣様お気に入りと言う人は清廉潔白なようだ」

と、言う座主尊朝。

「清廉潔白？　欲まみれですよ。女性は大好き。だけど、ただただ、そう言う弱き者を物扱いするのが大嫌いなんです」

と、語気を強めて言うと、座主尊朝は再びひれ伏し、

「どうかお許し下さい。御領主様がどのような方かを見たかっただけですから」

と、言っていた。

「俺は、信長様と一緒と思ってもらって構いません。俗世にまみれ、世俗に影響力を持とうと考えるなら、焼き討ちだって辞さない覚悟を持っています。そのことをゆめゆめ忘れることなきよう。お引き取り下さい」

と、言って俺は部屋を出た。

宗矩《むねのり》に頼み、裏柳生《やぎゅう》に調べさせた結果を後から聞くと、女子《おなご》を送り取り込み、再び影響力を持とうと言う魂胆だったとのこと。

それを一喝して帰してしまうと言う出来事は、宿屋で働いている者から噂《うわさ》になり広まった。

新しい領主は、比叡山焼き討ちをも考えている織田《おだ》信長のような人物だと。

《桜子視点》

「ねぇねぇ桜子ちゃん」

「はい、何ですか、お江《ごう》姫様」

「今回のことでマコの気持ちわかったでしょ？　マコはちゃんと桜子ちゃん達《たち》を一人の女性として見ているの。私、思うけど、マコが『弱き者を物として扱うな』って、桜子ちゃん自身が自分を物として、いただいてもらおうとしているのも、マコはあまり気持ち良いものではないんじゃないかな？」

「あっ、確かに」

お江姫様は鋭い、私達より年下なのに洞察力、観察力が鋭い。

そして、御主人様の心を読み取り理解している。

御主人様は妹のように接しているから、御主人様の心が見えるのかも知れない。

「ねっ」

そう言って私の目をしっかり見つめて諭してきた。

私は私達の居場所を確固たるものにするために、焦りすぎていたのかもしれない。

裸同然で迫っていれば、いつかは抱かれる。と、思っていた。

男とはそう言う者だと。

でも、それは御主人様を相手にすると、逆効果になっていたのかも。

逆に御主人様の機嫌を害することになっていたかも……。

「大丈夫、マコはきっと桜子ちゃん達も好きだから、側室になれるから焦る必要ないよ」

と、お江姫様は、優しく教えてくれた。

攻めだけでは駄目。

ゆっくり待つことも必要。

その日のために私達三姉妹は、美人の湯と御主人様が言う温泉で肌に磨きを掛けた。

《お初《はつ》視点》

「あっ、こっそりまた入ろうとしてる」

「お江」

私は一人、今日、五回目のお風呂に入ろうとした。

美人になりたく……っじゃなく、温泉って本当に気持ちいいから。

「お初姉上様は美人だよ。大丈夫。マコも意識しているから」

「ちょっ、そこでなんで義兄上様《あにうえ》が出てくるのよ」

と、お江に注意すると、お江は、

「知らないんだ～知らないんだ～」

と、廊下を鼻歌まじりに走って行った。

本当に義兄上様なんかに、どう見られたって良いのに……。

義兄上様は、すべすべの足好きそう……。

じゃなくて、もう、お江は何なのよ。

私は一人湯船に浸《つ》かり、足を丹念にこすった。

最近、舐《な》めてもらってないなぁ……。

不思議な感覚の寂しさが心を襲った。

◇◆◇◆◇

風も落ち着いたので、二泊三日のプチ湯治で帰路についた。

雄琴《おごと》温泉は気持ちが良かった。

領地内の温泉は、大変貴重だ。

家臣達の静養先としても良い。

近江《おうみ》大津城の築城が終わったら、そちらに人員を回して、温泉街整備をしようかな。

湯治場として発展させたい。

そう言う場所、慶次《けいじ》、得意そうだな。

《お市《いち》視点》

「母上様ただいま帰りました」

「あら、お帰りなさい。もっとゆっくりしてきても良かったのに」

と、お江に返事をした。

常陸《ひたち》様と茶々達は船で近江大津城に三日前に出た。

しかし、琵琶湖《びわこ》も時には荒れる。

それは想定していること。

なので、帰りが遅くなることもあるとわかっている。

そして、常陸様の家臣は律儀なのか、琵琶湖が荒れているので雄琴温泉に宿泊すると早馬で知らせてくれた。

元々、心配もしていないしする必要もない。

むしろこの機会に、お初が自分の心に正直になり、親密になることを願っていた。

「マコと温泉に入ったの～」

「あら、良いわね。お初も一緒？」

「うん、みんな一緒にマコと入ったの～、温泉スベスベして気持ちよかったよ～」

あれ？　一歩前進どころか早馬で進んだ？

「母上様、誤解しないでよね。湯帷子《かたびら》を着てみんなで入ったんだから。お江が義兄上様と入るって言うから、悪さしないか見ていたんだから」

「え～、そんなこと言いながら初姉上様一生懸命足を洗っていたよ～」

「え？　見ていたの？」

「うん、見てた。マコにまた舐めてもらえると良いね」

「こら、お江！」

……一歩前進は出来ていないのね。

早く気がつきなさい。

自身の心に正直になりなさい。

そうしたら私は、兄上様に認めてもらえるよう、お願いしてあげるからと、娘の成長を願った。

娘達が幸せになるなら、夫の敵であった兄であろうと頭を下げる決意はあるのよ。

茶々一人が好きな人と結婚出来て、お初達は出来ない。

そんな未来にはさせたくはない。

お初、後はあなたの心次第なのよ。

私も常陸様と温泉に入ろうかしら。

◇◆◇◆◇

近江大津城築城視察二回目の報告書を右筆《ゆうひつ》として働く、柳生宗矩が前回同様に清書して、翌日には信長に見せられる物を書き上げていた。

雄琴温泉から帰ってきたのが、日が暮れた夕刻、そこから俺が言ったことをまとめるのだから、宗矩は何時に寝たのだろう？

雄琴温泉では、宗矩は警護の仕事で報告書を書いている時間はなかった。

これは注意しないと、黒坂家はブラック企業になってしまう。

会社ではないから、企業ではないか？

だが、人使いが荒い当主と言われるのか？

だいたい、宗矩が十三歳の段階で労働基準法アウトな気がするが、当然それはない。この時代は、小姓ならそのくらいの年齢は普通にあるらしい。

しかし、十三歳は成長期、睡眠のゴールデンタイムと呼ばれる時間帯には寝かせるべきではと思う。

目の下には、くまが出来ているのにも拘《かか》わらず、眠そうな素振りを見せない宗矩、あくびなど絶対にするものかと言う気迫を感じる眼光が、清書された報告書を読む俺を見つめていた。

「宗矩、ちゃんと寝た？」

報告書と何ら関わりのない質問が意表を突いたのか、直《す》ぐに答えられず一拍おいて宗矩が、

「はい、一時ほど寝ましたが」

一時って、この時代の単位を平成の時間の単位にしたら二時間でしょ、そんな短時間な睡眠は良くない。

ナポレオン並みか？　ナポレオンは隠れて寝ていたという噂を聞いたことがあるが、それは今はどうでもよい。

「宗矩、今日は休みとします」

「え？　ですが、本日の休みは幸村《ゆきむら》殿ですが？」

うちでは現在、安土《あづち》城屋敷勤めの森力丸《もりりきまる》、真田《さなだ》幸村、前田《まえだ》慶次、柳生宗矩が一人ずつ交替制で休みになっている。

「今日は、これを力丸に信長様に届けてもらうだけだから、警護は慶次がいるから心配はいらない。まともに寝ていない者が働けば何かしらの失敗はある。それに体を壊す。今日は休みなさい」

「私なら大丈夫です」

と、目をパッチリと開け胸を張る宗矩。

若いから徹夜なんて大したことないのかもしれない。

いや、徹夜でテンションが高まっているのかもしれない。

テンションが高まっている者が刀を持って近くにいるって、凄《すご》く怖いことのような気がする。

しかも、柳生新陰流《しんかげりゅう》の使い手。

考えると凄く危険な気がした。

「ならん、これは命令だ」

と、当主として命じた。

城主になることを受け入れた以上、家臣の上に立つ立場であることを自分に言い聞かせる意味でも「命令だ」と、言った。

「わかりました。寝ていないことがお気に召さないようなら、昼まで寝させていただきます」

と、言って部屋から出ていった。

真面目だな、宗矩。

慶次なら間違いなく、城下に遊びに行ってしまうよ。

宗矩が清書した報告書を一通り読み上げ、問題がなかったので、署名と花押代わりの

『富国強国』と『抱沢瀉《だきおもだか》』の判子を押して力丸に手渡すと、力丸は信長《のぶなが》に報告書を届けた。

さしたる特別なことは今回なかったので、呼び出しはなかった。

そりゃねぇ、時の最高権力者、織田《おだ》信長がそう毎回毎回、暇なほうがおかしいのだから、特別な技術の提案とかなければ呼び出しはないよね。

ただ、報告書として今回も出したことに、信長は満足していたらしい。

結局、お金を全部出してもらっているんだから報告書ぐらいは最低限、出しておかないとね。

◇◆◇◆◇

早朝、流石《さすが》にお江《ごう》に起こされることのない日々。

静かに安心して二度寝三度寝と布団と仲良しをしている。

朝晩は寒く、布団から出るまでに時間がかかる。

俺は極端な寒がりだ。

目を覚ましても布団のぬくもりでうつらうつらとしている。

ん？　あれ？　急に布団が重たくなったような。

ん？　お江？　お江にしては軽いな。

ん？

と、布団の隙間から見える足……足？　あれ、お江の味ではない。

反射的に一嘗《な》めしてしまうが、その足は小さく、味もお江やお初《はつ》、茶々《ちゃちゃ》でもない。

「にゃははは、にゃはははははは」

と、聞き慣れない笑い声。

布団をめくり見てみると、小さなおかっぱ頭の女の子。

え？　今度こそ座敷童《ざしきわらし》？って、変な気は感じないから人間か。

「ね？　君、誰？」

と、聞くと、まん丸した目で口はニヤニヤとしながら。

「千世《ちよ》って言うにょ」

千世？　心当たりがあるはずもなく、布団から出る。

「桜子《さくらこ》、梅子《うめこ》、桃子《ももこ》、誰か来てぇ」

と、廊下に向かって声を出す。

当番制で朝早くから誰かが朝食を作っている時間だ。

「どうしました？」

と、慌てて走ってきてくれたのは桜子だった。

「おはよう」

「おはようございます。どうされました？」

「これ、この子」

「うっ、御主人様……」

珍しく俺を怪しい者でも見るかの視線を送る桜子。

「待て待て待て。勘違いするなよ。朝起きたらいたんだからな」

「私はてっきり私達《たち》に欲情しないのは、幼女が好きなのかと思ってしまいました」

「違う、そうじゃないから。桜子達への欲情は、必死に抑えているんだから」

「あら抑えなくてよろしいのに。それより、あなたはどこの子？」

と、千世と名乗る幼女の目線になって言う桜子。

「千世って言うにょ。よんしゃい」

「千世ちゃん、お父さんとお母さんは？」

「ん？ ここのおにいちゃんに、可愛《かわい》がってもらいにゃちゃいって」

おいおいおいおいおい、誰だよ。

幼女を送りつけてくるの。

寒いというのに額から嫌な汗が噴き出す。

「御主人様、幼女好きなんですか？」

「違うってば」

疑いのまなざしの桜子をよそに、千世はケラケラと笑っている。

部屋に響くグ～～と聞こえる音。

「おにゃかすいた～」

と、なんともマイペースな千世。

「御主人様、とりあえず朝ご飯を食べてからにしましょう。身なりから察するにどこかの姫。近場の屋敷だと思いますので、食べたら捜しに行ってきます」

と、桜子は冷静だった。

確かに、着物から察するにそれなりの給金？　領地持ちのところの姫だと推測出来る。

「お腹《なか》と背中がくっつく前に朝ご飯にするか」

と、俺が言うと、

「おにゃかとせにゃか、くっちゅいたらぺっちゃんこ」

と、千世はお腹に手を当てて言っている。

なんか、どっかで見た顔に似ている気もするんだよなぁ。

と、考えながら後から起きてきた梅子に千世の世話を任せ、桃子の手伝いで身なりを整え朝飯にした。

すると、

「う〜飲んだ飲んだ。水〜」

と、台所の戸を開けて入ってきたのは朝帰りの前田慶次《けいじ》だった。

「慶次、お帰り」

と、言うと、

「おっ、御大将おはようございます。今日は早いですね」

「うん、幼女に起こされたから」

「幼女？……げっ」

「ん？　どうした慶次？」

と、慌てる慶次はひしゃくの水をがぶ飲みしていた。

「松《まつ》が来る、松が来る、松が来る」

と、逃げていく。

「おい、慶次、待てっ」

と、呼び止めるも逃げていった。

「おじちゃん、いちゅも飲んでるの？」

「慶次は、酒好きだな」

「おちゃけ飲み過ぎだめ。母様に言う」

「ん？？？」

「あっ！　御主人様、その姫様、前田家の末娘ですよのです」

「梅子、知っているの？」

「前田利家《としいえ》様邸には唐揚げを持って行ったり、脱走した鶏を捕まえに行っているので、たまに見ているのですです。やっと思い出しましたのです」

「千世、前田利家殿と松様が親なの？」

と、聞くと甘い卵焼きを口いっぱい放り込んでいる千世は頷《うなず》いた。

「うん、前田利家は父上様にょ、にゃまえ」

と、言いながら食事を続ける。

なるほど、松様の面影があるから、どこかで見たことがあると感じたのか。

「梅子、食事が終わったら松様呼んできて」

朝食が終わって、囲炉裏《いろり》に当たっていると千世は俺の膝上でお手玉で遊んでいた。

「失礼します」

と、梅子に呼ばれた前田松様。

慌てる素振りなど一切ない。

屋敷から子供がいなくなっているというのに。

「松様、企《たくら》みましたね？」

「あら、わかっちゃいました？　おほほほほほほほほっ」

と、笑っている。

「流石に四歳の幼女をどうにかしないので、お引き取り下さい」

「側室にどうです？」

「だから、若すぎますって」

「育ったらどうです？」

「松様、いい加減にしないと怒りますよ」

「あら、そんなに怖い顔をしないで下さい。これでも真剣なんですよ。今、一番の上様のお気に入りの黒坂常陸守《くろさかひたちのかみ》様と昵懇《じっこん》になる。縁戚になるって言うのは、将来の前田《まえだ》家のためになりますから。嫁同士は義理の姉妹にはなりますが、もっと縁を深めとうございます。利家様も同意いたしています」

……そう言われてしまうと返事が困る。

織田信長に、今、一番気に入られている点において否定すれば、過ぎる謙遜。過ぎたる謙遜は、嫌味でしかない。

「美少女に育ったら考えます」

と、答えると、

「私の娘ですもの、美しく育ちます」

と、謎の自信を見せていた。

「御主人様、まだお情けを私達はいただいていないのに、幼女を側室にするのですか?」

と、桜子が悲しい目をしていた。

「違うから、もう本当に俺は別に幼女好きなわけではないんだから。ロリコンじゃないんだからぁぁぁあ」

と、大声で叫んでしまった。

どうも俺が以前、お江達の足を嘗め回したのが、変な噂《うわさ》で広まってしまっているようだ。

あれは本当に悪戯《いたずら》心だったのに。

前田千世は、この日からちょくちょく甘い卵焼きを目当てに屋敷に来るようになった。

それは別に構わないのだけど、松様がしたり顔をしていたのが少々腹が立つ。

前田家なら、そんなことをしなくても、こちらから仲良くしたいと言いたいのに。

◇◆◇◆◇

琵琶《びわ》湖《こ》六城を船で結ぶ大都市計画。

その立案者が、自分の城だけを見に行くのもと言う声があると力丸《りきまる》から聞いた。

六城全部回るか？

と、考えるも、今は中国方面の出兵中。

そんな中、突如行くのも失礼な話。

そんなことを囲炉裏の前で、朝ご飯の甘い卵焼き目当てで来た千世が隣で静かにお手玉で遊んでいる中、地図を見ながら考えていると、

「ここ、父上様にょ城」

と、千世が指さした。

賤《しず》ヶ《が》岳《たけ》城は、俺が信長に提案して造られている城。

城主は前田利家。

「おっ、よく知っているな。偉いぞ」

と、千世の頭を撫《な》でていると、戸の陰からこっそり。

迎えに来た前田松様。

「もう、こんな小さな子と、どうにかなるわけないんだから、こそこそしないで下さい」

「あら、わからないわよ」

「松様」

と、ちょっと語気を強めて言うと、笑いながら謝っていた。

「それより、賤ヶ岳城見に行きたいのですか？」

「あっ、はい。新しい建築技術も提案してしまっているので、ちゃんと活用されているか、間違っていないか、見に行きたいですね。でも、前田利家殿は留守ですから失礼ですよね？」

と、言うと、

「私が一緒に行けば大丈夫です」

「でも、松様って一応、人質の役目もあるんですよね？」

出兵先で家臣が裏切らないようにするために、妻や子を安土《あづち》に留め置いている。

前田利家だろうと例外ではなく、うちの隣の屋敷には、前田松様と幼い子供達が人質として生活している。

「なに、常陸《ひたち》様と一緒なら大丈夫ですよ」

と、言う返事。

気になるのは事実だから、力丸に許可を貰《もら》えないか確認すると、信長《のぶなが》の許しは簡単に出た。

「ふにぇ～」

と、俺の肩車で喜ぶ千世《ちよ》、それを微笑《ほほえ》ましそうに見ている松様。

いつも借りている安宅船《あたけぶね》で、今日は賤ヶ岳城を目指した。

賤ヶ岳は琵琶湖の北東部に位置する小高い山で、近くには日本海と琵琶湖を結ぶ塩津海道がある要所。

史実では、羽柴秀吉《はしばひでよし》と柴田勝家《しばたかついえ》の戦いの勝敗を決定づけた戦場だ。

そこに俺の提案で、前田利家が築いている山城。

琵琶湖には港が作られ、安土から送られてくる木造パネルが陸揚げされ、城は山を段々に切り崩して、建物が組み立てられていた。

松様の案内で一通り巡察する。

避雷針も、しっかりと取り付けられているのを確認する。

「うん、大丈夫だ。兎《と》に角《かく》、建物は頑丈に。石垣も崩れないよう土固めはしっかりとして下さい。地震が近々来るはずですから」

と、言うと、

「陰陽力で占いました？」

と、聞いてきたので頷くが、

「嘘《うそ》ですね？」

と、言われた。

「いや、嘘じゃなく地震は来ますから」

と、言うと、

「そっちの嘘ではなく、陰陽力で占ったと言うことがです」

と、言われてしまう。

「うっ、それは……。兎に角、近々大きな地震が来ます。それは真実」

と、言うと松様はジッと目を見つめてきた。

奥底まで見るように。

心の奥まで見るかのように。

「信じましょう。城を強固にするのと食糧の備蓄をします。ですが、真琴《まこと》様、謀反の疑いが掛けられないように頼みますよ」

と、言ってきた。

城を強固にし、備蓄を始めれば謀反が疑われても仕方がないことだ。

しかし、近江《おうみ》で地震が起きることは信長には報告済み。

「信長様なら知っていますよ。ちゃんと教えていますから」

と、言うと再び目をジッと見つめた。

「不思議な方」

と、だけ言って家臣に、さらに建物を頑丈にするように伝えていた。

味噌蔵《みそぐら》も作るそうだ。

身近なところから防災意識が高まっていくことを願った。

帰りの船の中では、千世は疲れたのか寝ていた。

それを見て俺も一緒に横になると、

「冗談ではなく、本気で千世を側室に迎えていただけないでしょうか？」

と、松様は真面目な表情で言ってきた。

ふざけているのではなく、真剣に俺の側室にして、前田家との縁を強固にしたいのがわかる。

「松様、俺は前田利家殿は好きな人物として、名前をあげたことを知っていますか？」

「ええ、お市《いち》様から聞いています」

この時代に来て、織田《おだ》信長から突如好きな武将はいないか？　と、聞かれて俺は前田利家の名前をあげている。

「そんな人物と昵懇になることは、やぶさかではないんですよ。ですが、俺には結婚は好きな人とするって言う勝手な価値観があります。好いてもいない人と夫婦になるのは抵抗があります。だから、将来、千世が育って、俺を好きと言ってくれるなら、構いません」

「ふふふふっ、本当に面白いお方。きっと千世なら大丈夫です。だって私が好きになりましたもの」

と、笑っていた。

うん、松《まつ》様を寝取るつもりはないからね。

利家《としいえ》殿。

ロリコンでもなければ、熟女好きでもないんだから。

松様を寝取ったら、槍《やり》の又左《またざ》の異名を持つ前田利家が槍で突いてきそうで、それを想像すると、肝が冷える感覚に襲われ身震いがした。

近江大津城の三ノ丸にある養鶏・養豚小屋が運用可能なくらいに完成しているため、何気に苦情があるらしい安土城屋敷の庭にいる鶏を十羽ほど残して、近江大津城に先に移動させた。

十羽残したのは、卵の採取と突発用の食用にだ。

長鳴きの尾っぽの長い鶏がいなくなるだけでも、かなり静かになった。

見た目が良すぎて食用には、梅子《うめこ》がしないでいるようだった。

毎朝、屋敷の屋根のてっぺんに登り、長鳴きをする。

コケッコーーーーーーーーーーーーーーーー。

最後は声がかすれ、咳《せ》き込みそうになる鳴き声。

朝一番の鳴き声としては、爽やかではなかった。

「御主人様、この鶏は食べないで愛《め》でるのに育てても良いでしょうか？　です」

「鶏の世話をしているのは、梅子達《たち》なんだからそれは任せるよ。愛着が湧くのも中にはいるんでしょ？」

「はいです。ありがとうございますのです」

やはり、世話している人なら情が湧くんだろうね。

鶏であろうと豚であろうと、世話をしていれば、なつくものもいるだろうから仕方がない。

豚の知能は意外と高く、犬並みとも言われている。

そうなれば飼い主にも、なつくだろう。

芸だって教えれば、するらしいし。

って、芸を教えこんだ、なついた豚を食べるってことは想像したくないな。

鶏肉《とりにく》は足りなくなるときには、近江大津城からではなく、安土城下の今井《いまい》宗久《そうきゅう》の店がすぐに届けてくれるよう手配もした。

安土城下はずれの農家でも養鶏が始められていた。

俺が唐揚げを作ってしまい、城の宴席で使った。

それは好評となり、真似《まね》をする者も出てきたので需要が多くなったそうだ。

農家も副収入になるとのことで、養鶏をする者は増えていた。

さらに、鶏の糞《ふん》は農作物の肥料になるのと、虫などを食べてくれるところも広がった理由だそうだ。

豚も毎回、今井宗久に頼むのも効率的ではないので、近江大津城内で増やすよう雌八頭雄二頭を手配した。

もちろん、家畜だけがいても仕方なく、世話する者が必要。

桜子《さくらこ》達に頼むには負担が大きい。

さらにその下の、下働きに雇っている者に頼むのも同じく仕事を増やす結果になる。

上に立つ者は、下の者に仕事を増やすだけではならない。

仕事が増えるなら、ちゃんと人員を確保しないとならない。

平成の日本は、それをおろそかにして、従業員をまるで奴隷のように、こき使う企業が多数現れた。

働き過ぎて死ぬくらいなのだから、『企業戦士』ではなく、『企業奴隷』だ。

うちでは、そんな奴隷を作るのは、絶対に避けたい。

なので、養鶏養豚をする者を頼むと戦で土地を追われた農民が、直《す》ぐに雇えるらしく、二十人ほど、近江大津城畜産役として雇い入れた。

この二十人には、給与の相場を聞いて少し上乗せして俺が出すのだけど、二十万石の俺には、何ら手痛い出費ではなかった。

そう言えば、この時代って米に力を入れすぎていて、冷害や日照りが続くと直ぐに、食糧不足、飢饉《ききん》になるんだよな。

冷害に強い作物だと、稗《ひえ》・蕎麦《そば》が思い付く。

蕎麦は、茨城の山間部でも栽培され、有名なのは、茨城人なら誰でも知っている。

茨城、常陸の蕎麦は、有名。

特に、『常陸秋そば』は、香りが高く、味も良く、最高級品として全国的に有名になる。

減反政策で米を植えるのを制限されると、代わりに蕎麦を生産する農家もいたくらいだ。

茨城の田園風景は、季節が来ると稲穂ではなく、蕎麦の白い花の綺麗《きれい》な花畑に変わっている地域もあったくらいに。

近江大津城下では、米だけに頼らず、麦、蕎麦、稗、粟《あわ》、黍《きび》、里芋も多毛作を奨励しよう。

雑穀と言われるが、俺もそれを率先して食べよう。

雑穀は平成では、栄養価から見直されて、ヘルシー志向の女性達は、ご飯に交ぜて常食するんだよな。

俺も、雑穀入りご飯のプチプチとした食感が、意外に好きだ。

じゃが芋や、サツマイモや、トウモロコシが手に入れば良いのだけど。

南米のアンデスの高地で作られている、じゃが芋、トウモロコシなら冷害・干ばつ対策には良いだろう。

今井宗久、津田《つだ》宗及《そうきゅう》・千宗易《せんそうえき》に南蛮の作物輸入を依頼する。

最近知ったが、南蛮船ってインド航路だと思っていたが、太平洋航路も使われている。

ヨーロッパから出た船は、大西洋を渡ってアメリカ大陸へ。

そこから陸路で渡り、船を乗り換えて太平洋へ。

また、その逆のアメリカ大陸大平洋側で船を降りて、陸地を進んで再び大西洋で船に乗る航路。

だったら、じゃが芋、トウモロコシ、サツマイモ、トマトだって輸入は可能なはず。

ただ、俺が知っている名前を言っても通じるはずもなく、兎に角、手当たり次第に手に入る異国の植物を輸入してくれと、なんとも無茶な注文を出した。

イラストを書いて一応渡してはみる。

三人は、黒坂《くろさか》家御用商人の名に懸けて輸入を約束する辺りは凄《すご》いと思う。

平成では、地方の方言や、お年寄りはトウキビ・トウムギなど、さまざまな名が定着して呼ばれているトウモロコシ。

南米が原産で、じゃが芋と同じで江戸時代に日本に伝来するのかと思っていたら、意外にも１５７９年には伝来していた。

俺が南蛮の作物を欲しいと言ったら、意外にも一番早く届いたのが、トウモロコシだった。

今から五年前には、日本に来ていたのね。

本当に、なんでもあるんだなと、改めて感心する。

今は冬なので、見慣れた新鮮なトウモロコシではなく、乾燥した状態でほぐされた実が、大きな麻袋に入れられ、二袋届く。

もちろん、金は払うが貨幣価値がいまいちわからない。

今までは力丸《りきまる》に任せていたが、結婚したのだから、会計は茶々《ちゃちゃ》に任せることにした。

織田信長《のぶなが》の義理の娘と言う立場を利用してか、値切ろうとしていたが、それはやめさせる。

ここで値切ってしまっては、次の取引に力を入れてくれなくなりそうなので、無理な値引きはしないほうが良いと思う。

結構無理な買付を頼んでいるのだから、手間賃は、はずんでおくべきだろう。

これからも取引は続くのだから。

乾燥した状態のトウモロコシ、菜種油を薄くひいた鉄板に一握り入れ蓋をする。

パン、ポン、パン、パン、パン

っと、激しく鉄板の中が鳴るのを台所にいた女性陣が驚いていた。

軽く揺さぶりながら鉄板が静まったところで蓋を取り、皿に移して軽く塩を振る。

「さあ、出来上がり、ポップコーンだよ」

と、俺が作って差し出すと直ぐに口に運んだのは、お江《ごう》だった。

「マコ～、美味《おい》しい、香ばしい香りと、ちょっと変わった食感が後引くね」

と、喜んでいる。

お初《はつ》も口に入れると、暫《しばら》く黙《だんま》りで口を動かしていた。

「硬いわね、変な物、食べさせないでよ」

「あぁ、弾《はじ》けてないコーンを食べてしまったのね、そりゃあ、硬いよ。えっと、膨らんでないやつは食べないで、白く膨らんだやつだけ食べて」

「そう言うことは、早く言いなさいよね」

と、蹴られた。

お初は暴力的だな。

「お初、仮にも義理兄、そのようなことはやめなさい」

と、茶々が叱った。

「ごめんなさい」

と、しおらしく謝る、お初。

「良いから良いから、食べて食べて」

と、俺もポップコーンを口に運ぶ。

ドクペなどと贅沢《ぜいたく》は言わない、とにかく炭酸飲料が欲しい、炭酸って重曹とクエン酸で出来るのは知っているけど、重曹って手に入るのか？

あっ、いや、炭酸水って自然界になかったかな？　確かあったような気がする。

確か有馬温泉の炭酸水って、瓶詰めにされて売られていたような……日本の炭酸飲料の元祖だったはず。

自然の炭酸水に柑橘類《かんきつるい》の汁でも入れれば、ジュースを作れないかな？

ショウガの搾り汁と蜂蜜を入れればジンジャーエールが出来るはず。

と、考えてるうちに、ポップコーンはなくなった。

トウモロコシをポップコーンとして食べればおやつだが、主食になるように食べられなければ、飢饉対策の意味が薄くなる。

トウモロコシを主食にするには、粉にして練って焼くのが一番。

今回手に入れたトウモロコシは硬い品種のようだ。

桜子三姉妹に石臼で粉にしてもらって、試しに焼いてみた。

トルティーヤ、大好きだったんだよなぁ、ハムとチーズを入れたやつ。

チーズ、買えるのかな？　ハムは作るか？

チーズって確か和名があって、貴族が昔から食べていたような気がするが、こんなことなら農業高校に行っておけば良かったかな？

農業高校で青春を謳歌《おうか》して、起業しちゃって彼女まで手に入れてしまう、リア充漫画のように上手《うま》くいくとは限らなくても、タイムスリップには大いに役立つと思う。

さて、焼き上がったトルティーヤに味噌《みそ》を付けて食べてみた。

「おっ、これはこれでイケるかも」

と、言うと早速お江が、同じようにして口に入れた。

「マコ〜、美味しいよ」

お江は、なんでも美味しいのではと思ってしまう。

「あら、これはなかなか美味しいわね」

と、お初と茶々も食べていた。

一袋は食用にして、一袋は種として残しておくことにする。

近江《おうみ》大津城下の農民に作らせてみよう。

トウモロコシだけでは冷害対策にはなれないだろうけど、保存食として乾燥させたものを保存しておけば、飢饉対策の作物になれるのではないか？

すでにある、蕎麦を山間部でも栽培して殻付きのまま乾燥保存、何年ぐらいもつだろうか？

腐るのか腐らないのか？

そう言えば蕎麦の実の枕って、何年も使っていたような？　乾燥が続けば、そこそこ日持ちするのかな？

と、気になるが取りあえず、先《ま》ずは多毛作だ。

米だけに頼ってしまうのを打開しなくては。

米は田んぼを作らなければならず、開墾に時間が必要だ。

だが、畑なら、それよりは時間を必要とせず、また場所の確保もしやすい。

アグロフォレストリーと呼ばれる農林業一体型の農法を取り入れれば、木も取れるし、作物も育てられる。

これから農政改革を考えるなら頭の片隅に置いておく必要がある農法。

平地が少ない日本で林業一体型の畑というのは、かなり有効的な農法だろう。

なんなら、城の中で栽培したって良いとも思う。

今後、広めていこう。

うちは粉物を食べることが多い。

カレー粉や小麦を粉にするためには、桜子《さくらこ》達《たち》が長時間ゴリゴリゴリゴリと重たい石臼を回していた。

トウモロコシも手に入る算段がついた。

蕎麦はもともとある。

なら、粉物の食事は多くなりそう。

それに、俺は麺が食べたい。

と、なると大量に必要になる。

毎日毎日毎日毎日、石臼をゴリゴリゴリゴリと回させるわけにはいかない。

美少女の手が、マメだらけのゴツゴツした手になってしまうのは避けてあげたい。

まだまだ若い桜子達が、マッチョマッチョになってしまう。

おっぱいが、脂肪の柔らかな塊ではなく、筋肉のピクピク動く塊になってしまう。

桜子は一応、側室の約束がある。

マッチョマッチョな女性は、かっこは良いが俺の好みではない。

製粉をどうにかしなければと、粉物に詳しそうな信州出身の幸村《ゆきむら》に聞いたが、石臼ゴリゴリゴリゴリが基本らしい。

あっ、信州と言えば、『おやき』もあるな。

『おやき』は小麦粉の饅頭《まんじゅう》だが、中身には野沢菜の漬物なども入れる。

主食の代わりになり得る食べ物だ。

粉物は、いろいろ考えれば、いくらでも主食になる。

蕎麦粉だってクレープ状にして焼けばガレットと呼ばれるクレープみたいな食べ物にも出来る。

水車の動力で杵《きね》を動かし、突いて粉にするのを時代劇で見たことがあるが、まだないのか？

水車そのものはあるのかと聞くと、農業用に水を田畑に汲《く》み上げるのに利用しているらしい。

だったら、それを動力にして石臼を回せば良いかと、軽く製図してみたが専門知識のない俺には上手く描けない。

歯車が必要なわけで、作ってもらうには説明が必要。

単純な水車で、杵を上下させる杵臼製粉機を製図してみる。

そう言えば、水車を必要としない鹿威《ししおど》し型の杵臼製粉機もあったはず。

力丸にそれを見せると、一応使っている所があるらしい。

やっぱりあるにはあるんだね。

限定的で普及されてなく、知っている人も少ないみたいだ。

確か、海外では早くから製粉するのに利用されているのだけど、日本であまり普及していないのは、粉物の食物が普及していないからかな？

兎《と》に角《かく》、近江大津城下で作るよう指示を出す。

もちろん、信長への報告も忘れずに書いた。

大したことない報告だが、こういった些細《ささい》な報告も大切。

付け加えて、南蛮の製粉技術者を雇えないかを依頼してみた。

製粉の技術なら、秘密にするような技術ではないだろうから、雇えるだろうとは思う。

信長に依頼して一週間もしないうちに、南蛮船に乗り組んでいる船大工が、歯車の構造を製図してくれたらしく、近江大津城下に水車動力石臼型製粉機の導入が決まった。

近江大津城、琵琶湖《びわこ》の畔《ほとり》で水は大量にあるからね。

◇◆◇◆◇

蕎麦《そば》……。

俺が知っているような食べ方が一般的ではなかった。

すいとんに近い物が夕飯に出された。

「あぁ、蕎麦って蕎麦ガキが一般的なのか」

と、つぶやきながら箸でちぎり取って食べていると、

「御主人様、美味しくないですか？」

と、桜子。

別に不味《まず》いわけではなく、馴染《なじみ》がない形状の蕎麦に戸惑っただけ。

「そんなことはないよ。これはこれで美味しいけど、俺の知っている食べ方と違うだけ」

「どのような食べ方をするのですか？」

「蕎麦は麺にするんだよ。蕎麦粉だけを練って麺にするのは熟練の技が必要なんだけど、つなぎに小麦粉や、すりおろした大和芋、自然薯《じねんじょ》などを入れて練ると、ほどよく固まってね、で、それを薄く延ばして細切りにするんだよ。で、お湯でゆでるの。そして鰹出汁《かつおだし》や昆布《こんぶ》出汁と混ぜた醬油《しょうゆ》味のつゆで食べるんだけどね。俺の故郷の茨城……常陸《ひたち》だと、けんちん汁にその麺を入れて食べたりするんだよ。野菜の出汁と蕎麦の風味が合わさって、美味しいんだよ」

と、教える。

テレビで取り上げられるまで、全国的な食べ物だと思っていた『けんちん蕎麦』『けんちんうどん』は、実は茨城県の郷土料理。

給食のメニューにも『けんちん汁ソフト麺』があったので、当たり前の物だと思っていた。

「なら、明日試してみますね」

と、返ってきた。

蕎麦、平成でよく食べられる形の麺になるのは、確か江戸時代なんだよね。

最初は細く切った蕎麦を蒸籠《せいろう》で蒸して食べたらしい。

すすれるほど麺は固まっていなかったと聞いたことがある。

さぞかしのどごしは、悪かっただろう。

明くる日、桜子達は悪戦苦闘しながら蕎麦生地を練り麺として形作った。

「美味《おい》しいですか？」

「う、うん、良いと思うよ」

と、答えると
「美味しくないのですね」

と、言われてしまった。

どうも俺は美味しくないときは曖昧に答えてしまうのに気がついたのだろう。

のどごしがいまいちの蕎麦に、美味しいと答えたくはなく、それからしばらく俺が美味しいと言うまで、蕎麦は連日続いた。


うん、間違いなく血液サラサラだな。

◇◆◇◆◇

俺は織田信長《おだのぶなが》によって大きく人生が変わった。

いや、織田信長の人生を大きく変えた？

いや、日本の歴史そのものを変えたと言える。

俺は一城の主《あるじ》になった。

その後ろ盾は織田信長。

織田信長が居なければ、これほどのスピード出世はなかっただろう。

そして、その後ろ盾がなくなったときのことを考えてしまった。

織田信長が居なくなったら俺の身の安全は大丈夫なのだろうか？

なら、織田信長を長生きさせなくてはならない。

この時代の人間の平均寿命は極端に短い。

もちろん、戦があることと、医療技術が発達していないことが背景にあり、そのため、子供が早く死んでしまったり、風邪で簡単に死んでしまったりする。

そして、武将は保存食の塩辛い物を好むため、血圧が総じて高く、卒中になりやすい。

上杉謙信《うえすぎけんしん》や、山内一豊《やまうちかずとよ》、蜂須賀小六《はちすかころく》などは有名だ。

織田信長もまた、塩辛い料理を好む。

京都の料理人を召し抱えたとき、『水っぽい』と、薄味を怒ったと言われている。

織田信長の食事改革をしなくては。

俺はしばらくそのことを考えた。

塩に代わる物と言えば、うちではスパイスがある。

だが、毎日使うには高級品だ。

織田信長の財力なら問題はないが、単純に輸入量が限られているため、常用が難しい。

味が薄くても美味《うま》いと感じるには……。

味覚、甘味、酸味、塩味、苦味、うま味……。

台所で悩んでいると、桜子達は夕飯の支度に鰹節を削ったり、昆布出汁を取ったりを始めていた。

「あっ、出汁だよ出汁、出汁を強くすればそのぶん塩気は、いらないんだよ」

平成なら、うま味調味料で、それをカバーしていた。

単純に塩気を控えれば味は薄くなるが、出汁が利いていれば、美味しくいただける。

「よし、織田信長の食事改革だ」

翌日、力丸《りきまる》から蘭丸《らんまる》に事の次第を伝えて安土《あづち》城の台所を使えるように手配してもらった。

「今日の料理は出汁を濃く使い塩を控える」

と、織田信長の料理人に伝えると、

「そんなことをしたら、あっし達が叱られます。場合によっては首が」

と、恐れていた。

「だから、俺が直々に監修としているわけ。俺なら怒られないから」

そう、織田信長とは無礼の許しと、危害を加えない約束を交わしている。

だから、ちょっとやそっとでは、信長も怒れないでいる。

斬られることはまずない。

「常陸様のお料理なら……」

と、料理人達《たち》も納得したようで、いつもより塩を少なくし出汁を強く利かせた吸い物や煮物を作った。

桜子達が悪戦苦闘して完成させた蕎麦も、自然薯を擂《す》り下ろしたのと、胡桃《くるみ》を砕いたのを入れた出汁醤油を掛ける、濃厚とろろ蕎麦。

また、織田信長は、塩と味噌《みそ》を小鉢に盛り、それをおかずにしているらしく、それを止《や》めさせるのにはと考えたのがポン酢だ。

醤油を柑橘《かんきつ》の搾り汁と合わせた物を小皿に入れて出させた。

かなり減塩している。

味噌は健康に良いので、適量にする。

そんな夕飯が運ばれると、

「常陸様、上様がお呼びです」

と、蘭丸に呼ばれた。

内緒で料理を作っていたのだが、すぐにばれたらしい。

「常陸、悪くはなかった」

　と、言われた。

「信長様は、俺をこの世界にとどめ、天下統一の協力者としました。なら、俺は俺の身の安全を図るために、信長様にいつまでも健康でいていただかねばなりません。なので、食事改革をいたします」

　と、言うと、

「ぬはははははははははははっ、そうか、この料理は儂《わし》のためでありながら自分のためでもあるのだな？　こざかしい。ぬはははははははははっ」

　と、笑っていた。

「笑い事ではないですよ。塩分の多すぎは良くないのですから」

「うむ、塩味の代わりに出汁が利いていたのは、そのためか？」

「はい。これでもまだ多いのですが、流石《さすが》にこれ以上少なくすると味気ないので。そこで、この蕎麦や海藻類、芋類も多く摂《と》っていただくと良いのですが」

「なぜじゃ？」

「蕎麦は血圧を下げる効果があります。血圧とは全身を流れる血の圧力なんですが、俺も医学を学んだわけではないので説明は難しいのですが、その血圧が高いと血管が体内で破裂して死にます」

「卒中のことか？　儂の父も卒中だ」

「血圧を下げる方法として、カリウムと言う成分を多く含む食べ物を摂取して、尿として排出するのと、血管に良い食べ物を食べるのがよろしいかと思います。信長様が好んで飲んでいるお茶も、茶カテキンと言う物質が入っていて大変体に良いのですよ。ただ、カフェインも多く入っているので、飲みすぎは良くないですけど」

「なるほどな、未来の者は食から健康を考えるのか？」

「医食同源って古くから中国の言葉であるそうですけど、まさにそれですね」

「未来の者達は何歳まで生きるのじゃ？」

「医療が発達しているのと、栄養が豊富に摂取出来るので、日本だと八十歳とかは普通ですよ。長生きだと百歳も簡単に超えますから」

「百か、儂の人生まだ半分だな」

「はい。信長様には百歳を目指していただきたいです」

「ぬははははははははははっ、良かろう。なってやるぞ、ぬはははははははははははっ」

減塩料理を出汁などでカバーすれば決して水っぽい料理ではなく、また、胡桃など木の実の濃厚な味を使えば、塩味は控えても美味しくなる。

菜っ葉類も、胡麻和《ごまあ》えや胡桃和えにすれば美味しい。

ちょっとした工夫があれば、良いだけ。

この日から、織田信長の料理人は、うちの屋敷で健康を考えた料理を学ぶこととなった。

織田信長を長生きさせるためにどうするか……トマトとバナナも欲しいな。

果実としての輸入は難しいだろうけど種や苗なら……。

今井《いまい》宗久《そうきゅう》に頼んでみるか。

◇◆◇◆◇

寒い寒い冬がようやく終わり梅の花が咲き終わり桜が満開になったころ、俺は信長の主宰する野点《のだて》の大茶会に参加していた。

多くの公家《くげ》衆や有力商人、安土にいる人質となっている織田家下の大名の家族などが呼ばれていた。

人質達の息抜きの場でもある。

遠い故郷から連れてこられた者達への、ちょっとした気遣いの花見だ。

織田信長主宰なら、大手を振って遊べると言うもの。

そんな中、俺は端のほうでひっそりとなりをひそめ、目立たないようにしていた。

だって、ものすごく場違いな感じがあったから。

目立たないように、いつもの気慣れた学ラン型の服ではなく、深緑に染めてもらった武士が普通に着ている大紋の着物を着て自然と同化するようにしていた。

そんな中、織田信長の嫡男、織田信忠《のぶただ》を総大将とする中国・毛利《もうり》輝元《てるもと》と将軍・足利義昭《あしかがよしあき》の討伐の話が耳に入ってきた。

瀬戸内を西に進撃する織田信忠・羽柴秀吉《はしばひでよし》は美作《みまさか》、備中《びっちゅう》、安芸《あき》、石見《いわみ》、周防《すおう》、長門《ながと》を次々に攻め落とした。

驚異の進軍は、俺が提案して作らせた新式火縄銃の功績によるものだった。

射程距離、命中度が上がったため、旧式の火縄銃では相手にならなかった。

そして、朝廷からの討伐の勅命は、大義名分としてはこれ以上になく、次々に織田側に寝返る武将が相次いだ。

日本海側を西に進撃する柴田《しばた》勝家《かついえ》・前田《まえだ》利家《としいえ》は伯耆《ほうき》を攻め落とし、出雲《いずも》のほとんどを占領し、毛利輝元が籠城する月山《がっさん》富田《とだ》城を包囲していた。

そこに総大将・織田信忠が合流し兵糧攻めをしている。

羽柴秀吉は、信忠の命により周防・竜王山と下関に城を築き始めていた。

信忠は、父、信長の九州力攻めを予想してのことだろう。

信忠は愚鈍ではない。

一武将としてそれなりの才覚は持っているようだ。で、なかったら、織田信長が織田家宗家の家督を譲り美濃《みの》を任せたりしない。

美濃を制する者は、天下を制する。と、言われるほどの重要な地であるのだから。

どちらにしても、毛利輝元に援軍の見込みはなく、月山富田城の陥落は時間の問題となっており、信長は機嫌が良かった。

安土城の庭に作られた能舞台で、笛と鼓を演奏させる中、敦盛《あつもり》を踊る織田信長。

『人間五十年、化天のうちを比ぶれば夢幻の如《ごと》くなり、一度生を享《う》け、滅せぬもののあるべきか』

かっこいい。

流れるような動きで振られる扇は海の波のようにも見える。

その動きすべてに人生の儚《はかな》さが込められているように見えた。

静かにぽたりと涙を流しながら見ていると、

「ぐふぅっーーーーー痛い」

と、お初に蹴《はつ》られた。

「なに黄昏《たそがれ》てるのよ」

暴力的な義理妹だ。

「美しいものは理由なく感動するものだろ」

「そうね、伯父上様は美しいわ、すべてを包み込む大海のような心がありながら時として荒れ狂う、それが織田信長」

と、どことなく冷めた目で見ていた。

父親の敵ではある織田信長、戦国の世の宿命とわかっているものの、心からは許せていない、お初の葛藤があるのだろう。

「マコ～今日は、お料理ないの？」

と、お江《ごう》が走ってきた。

「今日は俺も来客として呼ばれている身だからね」

「そっか～、でも、もうすぐ毎日食べられるから良いか」

「え？」

毎日、食べられるってなに？

今でもほぼ毎日、来ているのに意味深な気がする。

聞こうとすると二人とも菓子が用意されていると言われ、そちらに走っていった。

我が妻、茶々《ちゃちゃ》はと言うと、来客にお茶を点《た》てていた。

美味《うま》いだろ、毎日、俺に美味いと言わせるために必死に点てるお茶だぞぉと、なぜか不思議と自慢がしたくなった。

風に舞い散る桜吹雪をバックに茶を点てる美少女、茶々を写真に残したくなりついつい、いまだに起動してくれているスマホで一枚隠し撮りをした。

袖の陰に隠して見られないようにしながら。

『美少女の　手の中にある　若葉色』

と、俳句を詠んでみた。

今ひとつだな。

◇◆◇◆◇

織田信長《おだのぶなが》は現在、複数の城を築城中。

俺の引っ越し先の近江《おうみ》大津城、京の都の嵐山に築いている城と、銀閣寺近くの吉田山に築いている城、東近江の賤ヶ岳《しずがたけ》城、西近江の牧野城、石山本願寺跡の城とほぼ同時進行。

かなり無理なような気はするが、俺が提案したパネル工法が活躍しているらしく、順調に進んでいるとのこと。

そんな築城ラッシュの中、俺は安土《あづち》城本丸天主の茶室でいつものように信長と一緒に茶々が点てるお茶を飲んでいた。

「常陸《ひたち》、今日呼んだのは吉田山に作らせている銀閣寺城のことなのだが」

銀閣寺城？　なんちゅうネーミングセンス、織田信長。

吉田山に作られている城は特別な城として作られていた。

吉田山は京都盆地の北東にある隆起した山で、すぐ近くには銀閣寺が存在する。

その銀閣寺を城内に取り込んで作られているのが、信長の京での寝所となる城。

本能寺の経験を生かして、かなり巨大で堅牢《けんろう》な平山城として築城中。

嵐山は京の西の備えの武骨な山城として作っているそうだが、吉田山に作らせている城は絢爛豪華《けんらんごうか》な真逆な城となっているとのこと。

「帝《みかど》に行幸していただくための御成《おなり》御殿を作っておる。そこにじゃ、飛び抜けた物を作りたい」

「飛び抜けた物?」

「帝や公家衆、列席する諸大名の驚くものじゃ」

具体的に何が欲しいのかを言ってもらわないと俺には理解が出来ない。

観覧車やメリーゴーランド、ジェットコースターでも提案すれば良いのか?

水車がある以上、回転する歯車構造は作れる。と、なると、人力だか馬だか牛だかにロープを引っ張らせて動かすものを作れなくはない。

そんな物が城にあったら、誰しもが驚くと思うけど、行幸で帝がお出ましになるのに、そんな物作ったら、帝、乗せられちゃう?

ジェットコースターに乗る帝……ないな。

想像すると恐れ多くて身震いがした。

時の陛下をそんな物に乗らせてはいけない。

腕を組んで考える俺を見ながら信長は、バリボリバリボリとビードロの瓶から金平糖《こんぺいとう》を出して食べて待っていた。

織田信長、短気ではあるが俺が考える時間が発生するのは予測していたのだろう、そんなときは静かに待つ人物なのだ。

金平糖ね、美味《おい》しいよね、食べ出すと止まらないんだよね……。

ん？　瓶、ガラスの瓶がこの時代って普通にあるんだよね。

そういえばステンドグラスって、ヨーロッパではもう普通に教会とかで普及しているんだよ。

ひとしくん人形クイズ番組で見た。

「ステンドグラスって知ってます？　南蛮寺とかに使ってませんか？」

金平糖を食べる手を止める信長。

「聞いたことがないな、南蛮寺は南蛮建築技術も応用しているが資材はすべて、この国の物」

俺は金平糖の入っている瓶を指さす。

「南蛮では、いろいろな色の板状のガラスを組み合わせて、一枚の絵として南蛮の寺、教会に用います。そうですね、障子の代わりと言ったほうがわかりやすいかもしれませんね。確か、この時代では、もう一般的に作られているはず。ガリレオが望遠鏡を作るのにガラス使っていたはずだし、で、まだ日本に入ってきていないステンドグラスを御殿に取り入れてはいかがですか？」

っと、言うと金平糖の入っていた瓶を眺め出している信長。

「面白い、なかなか良いぞ、よし、すぐにフロイスに申し付けよう」

と、立ち上がる信長、結論が出ると行動は早い。

「あっと、ちょっと待ってください」

と、止める俺に振り向く信長。

「フロイスって、宣教師ですよね？　そのまま注文してしまうと宗教画のステンドグラスになってしまうので注意が必要かと」

と、言うと今一度座る信長。

「どういうことじゃ？」

「南蛮の寺のステンドグラスって基本的には確か宗教画なんですよ。俺のつたない知識でしかないんですが、キリストが生まれたときの絵や、その母マリアだったり、でですね、それを作られてしまうと『帝』が入るのによろしくないかと」

「確かにそうだな」

「ですから、デザイン、えっと、絵柄はこちらから指定しないと」

「あいわかった、狩野永徳《かのうえいとく》に描かせたうえで、そのステンドグラスとやらを作らせようではないか、ははは、流石《さすが》に未来人、常陸だな、雇って良かった良かった」

と、出て行った。

ん？　狩野永徳って見たことあるぞ、屏風《びょうぶ》、ゴールデンウイークに米沢《よねざわ》城のお祭りに行ったときに博物館で本物を公開していた。

確か国宝じゃなかったか？　洛中洛外図屏風《らくちゅうらくがいずびょうぶ》。

その絵師がデザインのステンドグラスって、国宝を通り越して、世界遺産になってしまうのでは？

と、考えると鳥肌が立った。

ブルブルッと震える様子を見て、茶々が熱いお茶を点ててくれた。

違うんだよ。

今は水を一気に飲んで、ため息を出したい気分なんだ……。

と、熱い茶をすすった。

◇◆◇◆◇

銀閣寺城のステンドグラスの件は任せて、俺は自分の城を何度か往復するようになっていた。

暖かな季節になり、琵琶湖《びわこ》を渡る安宅船《あたけぶね》のクルーズも苦にならなくなってきた。

そのため、天気の良い日をみはらかって月二回のペースで安宅船に乗って往復。

安宅船一艘《そう》は俺が好きなように使えるようになっている。

銀閣寺城のステンドグラス提案の恩賞として信長がお金を払ってくれた旗、俺が作らせた深緑に揚羽蝶《あげはちょう》と抱沢瀉《だきおもだか》の家紋が入った旗がはためいていた。

茶々は毎回ついてきていたが、お初とお江は飽きてきたらしく、ついてこない日もある。

代わりに桜子《さくらこ》達《たち》を乗せていき、働きやすいように台所などは任せた。

蝉《せみ》が鳴き始めるころには、近江大津城は住むことに不便ないぐらいになっていた。

もちろん、防御の面でも。

視察の合間を見ては、俺は琵琶湖にダイブした。

「御大将、そのようなことおやめ下さい」

と、宗矩《むねのり》が止めるが、平成とは違い美しい湖で泳がないと言う理由はない。

「皆も一休みして泳げ」

と、言うと幸村《ゆきむら》もふんどし姿で泳ぎ始めた。

茶々は木陰で涼みながら足を湖面に付けピシャピシャとしている。

「なんだ、宗矩、泳げないのか？　教えてやるぞ」

と、言うと、宗矩は、

「なにを泳ぎだって武将の心得、泳げます」

と、言っては、ふんどし姿になり、泳ぐ……異常に速い古式泳法。

しかもムキになって泳いでいた。

俺のクロールより速いって……。

「宗矩、泳ぎ上手《うま》いな」

「堀を渡って戦うことも想定していますから」

と、言う。

この時代の武将は甲冑《かっちゅう》を着て泳ぐことを想定している。

古式泳法はそのための泳ぎ。

平成の泳ぎ方に比べたら一つ一つの動作が大きいのが特徴的。

そして、顔は水につけない。

長《た》けた者なら、泳ぎながら弓を放ったり、鉄砲を撃ったりもする。

古式泳法が伝統として残っているところでは、平成でも、その技は伝授され、演舞として観衆を喜ばせる行事になっているところもある。

「宗矩、泳ぎを家臣達全員に伝授してくれ」

「御大将、なぜにございますか？」

「そうだな、いつか海を渡るやもしれぬからな」

織田信長《おだのぶなが》に西洋式軍船を勧めた。

だったら、俺も乗る可能性も出てくる。

今だって琵琶湖だが頻繁に船を使っている。

湖だって、なにがあるかわからない。

そして未来を想定すると。

宗矩に家臣達に泳ぎを教える指南役を任せた。

◇◆◇◆◇

「御大将、そろそろ一度陸路で軍勢を率いて城に入城していただけないでしょうか？」

と、氏郷《うじさと》が巡察を終えて帰ろうとしていた俺に言う。

「水路ではだめ?」

利便性から言って、安宅船で安土城から直接、近江大津城本丸に作られた桟橋に来るほうが早くて便利。

「仮にも領主様、領民に領主ここにあり、と見せ付けなければなりません」

「だったら、軍勢の必要性はなくない? 何人かの供回りで入れば」

と、無駄遣いになりそうな軍勢での入城に疑問があったので提案してみると、

「なりません。以前申し上げたように、ここは比叡山《ひえいざん》への監視の役目のある城、しっかりとした軍勢での入城が意味があるのです」

なるほど、要は軍事パレードをしろというわけか。

「力丸《りきまる》、軍勢ってそんなにいるの?」

「はっ、足軽含めまして二千五百の兵はすぐに召集出来ますが」

「へ?」

「屁《へ》は出ません。上様からの命により黒坂《くろさか》家家老職にある者には、それぞれ五百の兵が与えられました」

うちの家老職って森《もり》力丸、前田《まえだ》慶次《けいじ》、真田《さなだ》幸村、柳生《やぎゅう》宗矩、そして蒲生《がもう》氏郷。たしか、みな数十人の家臣がいたはずだが、その下にさらに五百人ずつの足軽って、みんな俺の配下? 家臣?

いつの間にか、本当に戦国大名になってない？　俺。

「ちなみに兵装備は？って、鉄砲は何丁ある？」

「約二百でございます」

10分の1か、多いほうなのか少ないほうなのかわからない。

だが、比叡山延暦《えんりやくじ》寺を軍事パレードで脅すなら、二千五百の兵だけでは不十分な気がする。

圧倒的軍事力を見せつけて、戦にならないのなら、それに越したことはない。

「おっしゃっ、いっちょハッタリかました軍事パレードでもしてやるか」

「軍事パレード？　ハッタリ？」

「軍事パレード？」

「ハッタリ？」

と、力丸、氏郷、後ろで相変わらず報告書を書いている宗矩が首を捻《ひね》っていた。

安土《あづち》城に帰ると、すぐに力丸達に指示を出した。

「火縄銃をくるむ統一した布の袋を足軽の数の分調達して、それと火縄銃と同じ長さの竹筒と木の板を。あと揃《そろい》の甲冑と背中の旗は深緑の布地に揚羽蝶の家紋と抱沢瀉の家紋で作って」

と、指示をすると慶次が笑っていた。

「御大将もなかなか歌舞伎者ですね、やりたいことわかりました」

歌舞いているわけではない、むしろ伊達者《だてもの》と言われたいのだが、まだその言葉はないは
ず、言わないでおいた。

伊達者の言葉の発祥は一説では、伊達政宗《だてまさむね》が豊臣秀吉《とよとみひでよし》の命令で朝鮮出兵をする際、豪華《ごうか》
絢爛《けんらん》な兵装で京都に入京したときに、町人達に『伊達だね』っと感心されたと言う説があ
る。

俺もそれを見習うわけだ。

少ない兵数でも強者《つわもの》に見せる工夫をする。

力丸達に頼んだものは、すぐに届けられた。

さらに追加して火薬も購入、少量を屋敷に届けさせた。

その火薬を使って裏庭で作業を始める。

「マコ～お料理じゃないの作ってる～」

と、お江《ごう》が近づいてきた。

「あっ、と、火薬を使ってるから駄目だよ」

と、言うと、お初《はつ》がお江の手を引っ張り近づくのを止めてくれた。

「真琴《まこと》様、なにを作っているのですか？」

と、茶々《ちゃちゃ》が少し離れたところで声をかけてくる。

「爆竹をね」

「爆竹？」

油紙に少量の火薬を包み導火線を付ける。

1センチほどの小さな爆竹。

子供のころ駄菓子屋で買って、遊んでいた爆竹。

分解したことがあったのと、砲術も習っていたので、似たようなものが出来上がる。

「ちょっと、試しに使うから離れてて」

と、導火線に火をつける。

パンッ

と、乾いた破裂音とともに大げさな煙が白く上がった。

「よし、成功、宗矩、これを大量に作らせて」

「御大将、失礼ながらそれでは人を傷つけるには不十分な威力だと思うのですが」

と、メモを書きながら見ていた宗矩が言う。

「良いんだよ、これ戦に使うわけではないから」

と、言いながら、もう一つ作った小さな爆竹を導火線を長くして、竹筒に入れる。

導火線に火をつける。

バンッ

竹筒から煙を出しながら先ほどより大きな音がする。

「マコ~種子島《たねがしま》みたいだね」

と、お江は言う。

「そうだよ、おもちゃの種子島を作ってるんだから」

と、俺は胸を張って言う。ここにいる者で俺の考えを理解してくれる者はいなかったが、力丸は言われた通りに、今井宗久《いまいそうきゅう》達に発注した。

火縄銃の弾の早合を作る要領が効くらしく三日ほどで約一万個の爆竹が準備出来た。

練習用と本番用。

流石《さすが》に、俺の屋敷は安土城城内のため、多くの火薬を入れるのにはためらいがあり、町はずれの蔵に入れられたと連絡が入った。

蔵を見に行くと、慶次がすでに理解していたらしく、木板と竹筒を組み合わせて、火縄銃に見えるような組み上げを今井宗久手配の職人が始めていた。

「おっ、わかってくれて助かるよ。で、ここにこの爆竹を入れるわけよ」

竹筒のケツに小さな穴をあけて導火線を出して仕込む、布をかぶせればハリボテ火縄銃の完成。

「御大将、これ、使います？」

流石にハリボテ火縄銃を理解した慶次でさえ首を傾《かし》げる。

「使うから、それに見えるように足軽達にも訓練させてもらえるかな？」

火縄銃なのだから重そうに持ってもらわないとならない。

パントマイムみたいなものだ。

軽々しく持っていたら、本物のようには見えない。

「わかりました」

と、少し戸惑った笑い顔で返事がきた。

織田家は今、毛利《もうり》攻めと長宗我部《ちようそかべ》攻めで大軍を向けている。

そんな中、突如現れた謎に近い俺が、二千五百の１００％火縄銃装備の軍団を率いて入城すれば偽物とバレバレ、そこをカバーするのが、この爆竹。

本物の火縄銃、二百と、このハリボテ火縄銃を上手く使えば、見ているであろう領民や敵対者を驚かせることが出来るのでは、と思っている。

入城のためのデモンストレーションの準備を着々と進める。

舞浜にある遊園地のショーをプロデュースしている気分だ。

あそこは大量の火薬を使うからなぁ。

冬場、あの海のショーでの爆発は熱風を感じる。

一日遊んだ後の夜のショーでの爆発は、疲れた心をどこかリセットしてくれて気持ちが良い。

そして、花火は一日の夢の世界の思い出を胸に刻むように心に来るものがある。

そんな心に来る演出をしたい。

◇◆◇◆◇

真夏を軍勢パレードの準備期間として、稲刈りが終わったころ、旅には寒くもなく暑くもないちょうど良い秋の初め、まるで運動会日和の日、入城の兵を安土近くに集めた。

その数、二千五百の足軽。

統一された黒い甲冑《かっちゅう》に身を包み、背中には俺が定めた黒坂家の旗、深緑色の布地に揚羽《あげは》蝶《ちょう》と抱沢瀉《だきおもだか》の家紋が入っているものを差していた。

手には深緑色の布地に包まれた火縄銃を持っている。

もちろん信長には報告済みで監視役に黄母衣《きぼろ》衆筆頭、森坊丸《ぼうまる》が三百の手勢を率いて来ていた。

「上様からの命により、近江《おうみ》大津城入城までお付き合いいたします」

今日は茶々達《たち》はいない。

茶々は俺が入城後、正式な花嫁行列を作り入城する手はずらしい。

朝八時、茶々達に見送られながら出立する。

俺は以前、織田信長から拝領した南蛮甲冑を少し改造した軽めの甲冑を着て、金襴《きんらん》の布地で背中に龍神が描かれた陣羽織を着用、太刀を腰にぶら下げ黄金に輝く馬鎧《うまよろい》を着けた馬に跨《また》がった。

軍団の先頭に、慶次と幸村《ゆきむら》が、真っ赤な甲冑に身を包み、手には朱色の槍《やり》を持ち、馬に跨がり並んで進む。

その後ろには、千人の火縄銃を持っている足軽が続き、次に森坊丸が黄色に永楽銭の旗をなびかせ進む。

さらにその後ろが俺、前には力丸が、やはり真っ赤な甲冑に身を包み、後ろには宗矩《むねのり》が真っ赤な甲冑で並ぶ。

うちは家老職は示し合わせたのか形、様式は違うが真っ赤な甲冑。

俺の横には、他の足軽とは違う南蛮甲冑を着けた足軽が左右に五人ずつ並ぶ。

この左右合わせた十人は、力丸の直属の家臣らしい。

さらに、その右後ろに『富国強国』と『鹿島大明神』と、紺色の布地に金で書かれた3メートルの旗印を掲げ、左後ろには銀色に輝く龍を象《かたど》った馬印が並んだ。

いつの間にか、旗印と馬印が決まっていたのは驚き、準備するべきものだったんだね。

そして、後ろに千五百の足軽が火縄銃を持って並んだ。

結構な行列を道すがら、田畑にいる農民と思われる人が呆然《ぼうぜん》と見ていた。

足軽数二千五百。

俺の給金二十万石。

実はかなり余裕らしく、蔵にも貯《たくわ》えがあったため、足軽に貸し与える甲冑は新品で購入。

黒い鋼の胴には金で描かれた抱沢瀉の家紋が入っている。

同じ甲冑に揃《そろ》えられた足軽だけでも立派なのだが、手には全員が火縄銃を持っている。

俺も革紐《かわひも》を付けた銃を背負っている。

俺が背負う銃は火打ち石型の最新式、以前、俺の提案で作られた火打ち石型銃、不発失敗を繰り返したが、改良に改良を重ねて成功して少しずつ生産がされ始めた。

足軽達は火縄銃のため、片方の手には縄で作られた種火をくるくると回している。

火縄銃完全武装に見える二千五百。

一説には、三段撃ちで有名な長篠《ながしの》の合戦に投入された織田《おだ》家鉄砲隊が三千と言われている。

それに、匹敵するかの火縄銃部隊に、見ている人達がざわめかないはずがなかった。

「あんれは、まことに火縄銃かい？」

「あんな数、揃えられるわけねかっぺよ」

「んだんだ、布の中身は何だかわかんねっぺ」

などと、言っているのが耳に入った。

「なんだい、知らないのかい？」

と、旅商人らしき者が大きな声でわざとらしく言う。

「なにがだっぺ？」

「あの、黒坂《くろさか》様って織田信長《のぶなが》公側近で火縄銃の改良を成功させた人物、だから毛利もあっという間にやられたってわけよ、あの御方《おかた》なら数も揃えられるってもんよ」

「ほえ〜あんな若そうな人がかい？」

「んだ、間違いねぇよ、俺は今井宗久様の出入り商人だから間違いない情報だ、だから、信長公お気に入りで養女が嫁ぐとか嫁いだとかいわれてるんだ」

「ほえ〜おそろしあ、おそろしあ、あの天魔王を自ら名乗る殿様の婿かえ？」

「ヤバイな、逆らわねぇほうが身のためだな」

と、言っている。

実は大声で言った商人は今井宗久に頼んでおいた者。

所謂《いわゆる》、ヤラセだ。

それなりの身なりの商人に噂《うわさ》を流させれば、信憑性《しんぴょうせい》を増すことが出来ると思い頼んだが成功したみたいだった。

安土《あづち》城から見て南西にある大津城まで陸路で約五十キロメートル。

朝、安土を出発すれば、休憩を入れながらでも、夕方には着く。

途中何度か休憩を入れる。

甲冑を着て歩いている足軽が疲れないように気を付けながら。

通常は甲冑を着た状態では、長距離の移動はしないのだが、今回は軍事力を見せつけるための行列、見た目が重要。

そんな馬に乗る俺もお尻が痛い。

特に穴が……。

痔《じ》になりそう。

和鞍《わぐら》は平成でも流鏑馬《やぶさめ》に参加するため使ってはいたが、長距離となると痛い。

尻当てになるドーナツ形座布団を作ってもらおう、などと考えているうちに日は少しずつ西に傾いた。

午後三時、未《いま》だ町作り途中だが、近江大津城下町に到着。

総構えの水堀の橋を渡り町中に入った。

町に入ると建築作業をしている者、商いをしている者、家屋から出てくる者が俺に頭を下げている。

ハッキリと言う、こっ恥ずかしい。

手を振るべきなのか？　いや、頭に手をやってペコペコしたいぐらいだが、力丸《りきまる》達を見ると胸を張って凛々《りり》しく馬に乗っている。

それを見習うしかない。

三ノ丸の大手門は開かれ、蒲生氏郷《がもううじさと》が烏帽子《えぼし》を被《かぶ》り大紋の正装で頭を下げて待っていた。

未だに町の者は見ている。

「出迎え、大儀」

と、偉そうに言うのが俺の役目。

そして、町のほうに向きを変えた。

「我こそは平　朝臣《たいらのあそん》黒坂常陸守《ひたちのかみ》真琴《まこと》なるぞ。これより、この地を我が預かる。我が領地領内、殺さず、盗《と》らず、犯さず、これを厳命する。破った者は重い罰を与える。しかと心に刻みおけ」

と、茶々《ちゃちゃ》監修で練習した口上を馬上から叫んだ。

そして、背中の火打ち石型銃を天に構える。

すると、足軽も片膝を突いて同じように天に向かって構える。

「これは我がこの地を預かる号令ぞ、放てぇ」

バーン
バーン
バーン

一斉に二千五百の空砲が鳴り響いた。

その音はけたたましく、比叡山《ひえいざん》に反響するほどだった。

そして、花火も城から打ち上げられた。

演出大成功。

ハッタリ火縄銃の空砲。

布が被された竹筒に仕込んだ爆竹。

もちろん、本物二百丁も交じらせている。

轟音《ごうおん》とともに煙で辺りが真っ白になる。

その合間に、城に馬を走らせ入った。

塀の陰になったところで、馬から飛び下り腰を地面におろした。

「はぁぁぁ、疲れた」

慣れない行軍に疲れただけではない。

最後の民衆に向かって言うのは、精神的にダメージが大きかった。

「あら、あのようなことくらいで疲れられては困りますよ」

ん？　？　？

「え？　なぜここにいるんですか？　え？」

女性が俺に柄杓《ひしゃく》で水を差し出していた。

「お市《いち》様なぜここに？」

「船で引っ越してきました」

と、後ろからニタニタと笑ってる、お江《ごう》とお初《はつ》。

「マコ～かっこ良かったよ～」

と、お江は抱きかかってきた。

そして、お初はしてやったり顔で、

「驚いた？　ねぇ～驚いた？」

「えっと、本丸の隣の御殿に住むのは聞いてたけど今日から？」

一緒に引っ越しって、聞いていなかったんだけど。

「姉上様だけがあとからなのよ。ちゃんと花嫁行列をすることで、義兄上様《あにうえさま》を伯父上様が一目置いていることを見せるんだって」

と、お初が言う。

織田信長は見せる力をよく知っている人物。

そのため、京都で何度も馬揃《うまぞろ》え、軍事パレードをしたり、安土城をライトアップしたりしている。

権威の誇示は時の権力者ならいろいろ発想しないとならない。

その柔軟さがあるのが、織田信長。

「だから、お江が毎日うちの料理が食えると言っていたのか」

って、料理を作る桜子《さくらこ》達は、まだ安土城なんだが？　と、思うと、大好きな香りが漂ってきた。

「え？　唐揚げ？」

「桜子様達も同船させましたから」

と、お初が言う。

ん？　うちの下女に『様』って疑問が出たが、唐揚げの香りでお腹《なか》がグゥ～グゥ～鳴ったので台所に向かうと、唐揚げと豚汁と握り飯が台所で大量に作られていた。

足軽達に振る舞う分も作っているのだと言う。

引越祝いの宴《うたげ》とまでは行かないが、料理で今日の引っ越しを労《ねぎら》うそうだ。

揚げたてをつまみ食いして、台所脇の板間で横になってしまった。

「はぁぁぁぁ、本当に疲れた」

◇◆◇◆◇

「おはよ～マコ～」

俺は疲れて眠ってしまっていたみたいで甲冑《かっちゅう》は脱がされ着替えさせられ、爆睡していた。

お江が襖《ふすま》を勢いよく開けた衝撃で目覚めれば、目に入るのは真新しい天井板、畳の真新しい匂いが鼻につく。

明かり取りの真新しい障子は白く輝いていた。

爆睡している俺に乗っかってきたのは、お江だった。

出会ったころに比べて絶賛成長中のお江が布団に乗ると、重みを感じるようになっていた。

「ううう、重いぃぃぃ」

「ほら、いつまで寝ているのよ。義兄上様、朝御飯の準備が出来ております。皆が待っておりますから」

と、お初。

義兄上様ではなく、お兄ちゃんと呼ばせたいと思いながら布団から出る。

「着替えるから」

と、二人を部屋から出すと代わりに桜子が入ってくる。

「おはようございます。お召し替えの手伝いをいたします」

と、入ってくる。俺は基本的には着物ではないので一人で着替えられるが、これがこの時代の常識、桜子は脱いだ寝巻きを畳み片付ける。

最近、作務衣《さむえ》型の服を作ってもらったので普段着は作務衣。

ただ、刀が腰に差せないので、細い帯を結ぶから、少し変な作務衣姿。

もちろん、帯刀しないと言う選択もあるが、流石《さすが》に物騒で屋敷の中でも小太刀は必ず帯刀している。

腰に小太刀と扇子を差し、懐には懐紙と呼ばれる紙を入れる。

ちり紙、ハンカチ代わりだ。

着替えを済ませ、真新しい廊下を台所に向かう。

建設から見てきているので、流石に迷うことはなく、食事を取るために作られた台所脇の部屋、テーブルと囲炉裏《いろり》を合体させた長い食事台に椅子が並べられて皆が座って待っていた。

一番上座の席が空いている、当然、俺の椅子でそこに座ると、席順が気になった。

すぐ脇の席、左の一番目は空いている。

そこは茶々の席なのは理解出来る。で、お市様、お初、お江が座り梅子《うめこ》、桃子《ももこ》が座っている。

右側の一番目には桜子が座っている。

ん？　良いのか？　俺のご飯でも味噌汁《みそしる》でも盛り付ける係かな？

桜子、力丸、慶次《けいじ》、氏郷、幸村《ゆきむら》、宗矩《むねのり》が順に座った。

まだ、座れるスペースに余裕のある囲炉裏テーブルの炭には火が入り、味噌汁にご飯釜が保温されるかのように弱火になっている。その脇には焼き魚が串に刺さっていた。

朝食の準備万端、俺が望んだ温かいものを温かいうちに、が、実現される。

よしよしと頷《うなず》くと、

「おはようございます」

と、皆が一斉に頭を下げて挨拶をした。

「おはよう」

と、返す。

梅子が煎茶を運んできて、一口飲んでいる間に料理が盛り付けられた。

「いただきます」

と、食べ始める。

「ねぇ、気になったんだけど、座り順これで良いの？」

と、聞いてみると皆が不思議そうな顔をする。

ん？　俺が変なのか？

「だって、桜子様は義兄上様の側室でしょ？」

って、お初が言った。

あれ？　確かに約束はしてあるがまだ、決定事項ではなかったはず。

だいたい、茶々の許しを貰《もら》っていない。

「茶々が、桜子は常陸《ひたち》様の御手《おて》付《つ》きだからって言ってたわよ」

と、お市様が言って、俺は口に含んでいた味噌汁を吹き出しそうになった。

「いやいやいやいや、まだ手は出してないですから」

「あらやだ、じゃあ常陸様は力丸とねんごろ？」

「ゲホゲホゲホゲホッ」

「誰ともしてませんから」

義母はなんちゅうことを朝っぱらから口走るかな。

「若いのに枯れているのかしら」

と、右手を頬に当て心配するまなざしで見てきた。

「ゲホゲホゲホッ、枯れてないから、性欲より食欲なの、俺は」

と、言うと皆が笑っていた。

普通なら家臣と主家筋がこうやって並んで食事を取ることがない時代なのだが、この囲炉裏テーブルのおかげで身分の隔たりがなくなってるように思えた。

良いじゃん、明るい食事。

昨日の緊張が少しほぐれた気がする。

近江《おうみ》大津城に引っ越して、慶次には安土《あづち》城屋敷に帰ってもらった。

と言うか、自ら望んで京か安土に行きたいと言う慶次、近江大津城下にはまだ遊び場がないから暇らしい。

俺は京には屋敷はないので、安土城屋敷の留守居役として帰す。

ちゃんと定期連絡係の仕事は与えて、家臣の往復を二日に一回走らせる。

安土城の森蘭丸《もりらんまる》から連絡事項を受け取り、近江大津城に家臣を走らせる係。

特には織田信長《おだのぶなが》からの指示はなく、俺からは、城造りや町造りの報告書を送った。

柳生宗矩《やぎゅう》と真田《さなだ》幸村が、事務的な仕事をして、蒲生氏郷《がもううじさと》は引き続き築城と町造りを続ける。

総取締役は筆頭家老の森力丸《りきまる》がする。

単純に俺は力丸が出す書類に目を通し、署名と決裁の判を押した。

お市様は基本的には、俺が住む東御殿には顔を出さない。

東西御殿は繋《つな》がっているが、完全独立二世帯型。

お市様はお市様で家臣がいて、領地も化粧領と言う名で持っていて財布も別で雇っている。

お初とお江は、東西御殿を自由に行き来しているから、どっちが自宅なのかわからないくらいだ。

俺の東御殿の下働きも、もちろん増え、桜子が取りまとめ役になり指示を出している。

俺はのんびり城主ライフ。

午前は力丸達《たち》の下に位置する多くの家臣と、道場で鍛練に励み、午後は城内を見て回る、巡察と言えば聞こえが良いが、ようは散歩だ。

ブラブラして過ごすのが二週間ほど続いたころ、安土城から連絡が来た。

茶々《ちやちや》の嫁入り行列の準備が整い、雪が降る前に入城するとのこと。

◇◆◇◆◇

入城のデモンストレーション効果は意外な所があっさりと反応した。

それは比叡山延暦寺《ひえいざんえんりやくじ》。

俺は比叡山延暦寺のトップの地位である座主の尊朝《そんちょう》を一度追い返している。

雄琴《おごと》温泉で。

女を物として扱ったことに苛立《いらだ》ちを感じ。

その座主尊朝は、入城から三週間後、近江大津城の門を叩《たた》いた。

「御大将、お会いしたいと来ておりますがいかが致しましょう。一応部屋で待たせておりますが」

と、力丸が聞いてきた。

すると、お市《いち》様が、

「お会いしたくないなら断って良いのですよ」

と言う。

約束がない面会は断れるだけの地位にいるわけだ。

「しかしながら、いまだに延暦寺はそれなりに力もありますので」

と、力丸。

「いや、会おう。一揆《いっき》でも起こされたら厄介だ」

「では、苦いお茶を用意しますね」

と、お市様はニヤリとした。

以前、茶々が徳川家康《とくがわいえやす》に出した苦いお茶のことは、お市様も笑い話として娘の茶々から聞いているそうだ。

茶々は、あのときの徳川家康の顔を見せてやりたかったと話すらしい。

いっそのこと、せんぶり茶でも用意しておくか？　などと考えながら真新しい広間に向かうと、ひれ伏した尊朝。

「突然の訪問にも拘《かか》わらず御尊顔の栄を賜りますことありがとうございます」

と、決まり文句のような媚《こ》びた挨拶。

「今日は何用か？」

と、同席する力丸が言う。

「はい、以前の御詫《おわ》びと、今後につきまして」

「今後？」

「はい、常陸様は今後あの鉄砲隊で比叡山を再び攻め込みますか？」

力丸は俺の顔を見て返事を促してきた。

「わかりません。それは貴殿達、比叡山延暦寺次第。俺の噂《うわさ》ぐらいは耳にしているでしょう？」

「はい、何でも陰陽道に長《た》けているとか」

「鹿島神宮のお力を借りているだけですけどね。だからと言って、民達の神道、神社の崇拝に力を入れるつもりはありません。日本古来から続く神や仏を敬う心はあります。ですが、敬う心と統治は別の話。俺は『政教分離』を良しとします」

「せいきょうぶんり？」

と、聞き慣れない言葉の説明を聞きたい様子で聞き返してきた。

懐紙に『政教分離』と書いて力丸に渡すと尊朝に渡された。

「政治と宗教は別。宗教に政治介入は許しません。しかし、文化として、民の心の拠《よ》り所《どころ》として尊重はし、保護だってしたい。なので、今後はあなたがたの行動次第です」

と、言うと尊朝は額の汗を拭っていた。

「織田様もですか？」

「信長様には俺の考えは理解してもらい同意を得ています。今一度、寺に帰り自らの道は自らで考えられよ。それで織田家に服従出来ないとなれば仕方がない。毛利《もうり》を一気に攻め立てた新式火縄銃の銃口は延暦寺に向くと思われよ。つまらん脅しと思われるな」

緊迫した空気の中、お市様が点《た》てた茶を桜子《さくらこ》が運んできた。

やはり湯気が緑がかる程濃いお茶。

そのお茶を尊朝は飲むと、お茶が喉に張り付いたのか咳《せ》き込んだ。

かすれがすれの声になりながらも、

「くっ、この苦い茶がお心ですか？」

「いかにも、あなた方が民の救い、民の拠り所、今世の平和を祈願し、そして、自らを高めるためだけに専念いたしますなら、再び会うときは、美味《うま》い茶でもてなさせていただきます」

しばらく間をおき、

「是非とも美味い茶を飲みたいものです」

と、答えて帰って行った。

「力丸、念のためにすぐに出陣出来るように準備、雄琴温泉に『復興支援』の名目で兵を置いてくれ」

「はっ、すぐに」

念のために一揆、僧兵の反乱を警戒した。

しかし、お市様は、

「美味い茶を飲みたいと申されていたので、大丈夫ではないでしょうか？」

「そう願いたいですが」

と、答え襖《ふすま》を開け比叡山をじっと眺めた。

一ヶ月後、雄琴温泉の陣屋には薙刀《なぎなた》、弓矢、刀が大八車に載せられ届いた。

それは武装放棄するとの意思の表れであった。

俺はその心に応えるよう、雄琴温泉に一軒の寺の整備を命じた。

湯治客の病気平癒の祈願所として作るのを命じた。

◇◆◇◆◇

十一月大安吉日

茶々の嫁入り行列が入城した。

俺は天守からその行列を見ると、俺が入城したときより人数の多い行列が連なっていた。

先頭が入城しても、行列の終わりが見えない行列。

織田信長の権力誇示を意味していた。

そして、織田信長が俺をどれだけ重用しているかを見せるための行列でもある。

その花嫁行列は、軍事パレード並みだった。

しばらくして輿《こし》に乗った茶々が入城する。

白無垢《しろむく》ではなく艶《あで》やかな薔薇《ばら》が描かれた着物。

薔薇は春と秋に花が咲くため縁起物。

さらに、茨城を愛する俺を知っている織田信長の気遣いだった。

その晩、正式な祝言を執り行い結婚した。

城は、その夜は祭りの如《ごと》く賑《にぎ》やかに盛大に、家臣達が飲み明かしていた。

城下町にも振る舞い酒を配った。

《茶々視点》

「義父上様《ちちうえさま》、母上様、長くお世話になりました」

と、近江大津城に花嫁として出発する前に挨拶をすると、

「うむ、しかと、常陸《ひたち》の支えとなれ」

と、義父となった伯父、織田信長は言った。

「私も付いていきますけどね」

と、母上様。

「一応、挨拶はしないとと思って」

と、言うと母上様は手を握り、

「常陸様ならきっと大丈夫。ただし、女子《おなご》が好きな様子ですから、寛大な心で許してあげなさい」

「はい、わかっております。側室の二、三十人は覚悟しています」

と、言うと、

「あやつならそのくらい側室を持ちそうだな」

と、義父上様は笑っていた。

ああ、やっと真琴《まこと》様と夫婦になれる。
側室が何人出来ようと良いの。
私は、あなた様と一緒になれることがなによりの望み。
あなた様を陰からお支えする覚悟は持っています。

1584年が終わりに近づいたころ、安土《あづち》城から定期連絡で、織田信忠《おだのぶただ》を総大将とした討伐隊が、籠城攻めをしていた月山富田《がっさんとだ》城に攻め込み、毛利輝元《てるもと》・足利義昭《あしかがよしあき》の首をあげたと連絡が来た。

その連絡を囲炉裏《いろり》テーブルの部屋に皆を集めて、森力丸《もりりきまる》が読み上げる。

京を追放されながらも征夷大将《せいいたいしょうぐん》軍の職を降りなかった足利義昭の末路は、悲惨なものになった。

月山富田城は長い兵糧攻めで、戦うだけの力がなくなったところで、撫《な》で斬《ぎ》り攻めが行われた。

織田家に逆らう者は、どうなるかを見せしめるべく、城内の者、皆殺し。

城から血の川が流れたと噂された。

「これで兄上様が征夷大将軍ですか」

と、お市様が複雑な顔をして言った。

「俺は信長《のぶなが》様が作る幕府を見てみたいので」

「征夷大将軍を勧めたのは常陸様でしたね」

「はい、関白、太政大臣《だいじょうだいじん》、征夷大将軍の中で一番合うと思いましたから」

「まぁ、兄上様が関白や太政大臣は合わないですわね」

「年明けには将軍宣下となりますね」

家臣達《たち》は皆嬉《うれ》しそうに目を輝かせていた。

「そして、常陸様も官位が上がりますよ」

「え？　俺も上がります？　参議ってかなり上なはずですよ？　これと言って活躍してませんが？」

「兄上様は常陸様が作った改良型の火縄銃を高く評価しているわ、さらに城作りに画期的な技術を提案した貴方《あなた》は、茶器や領地よりも官位を上げたときの表情があからさまに違うと、兄上様は言っておられましたから」

うん、俺は領地なら持て余すし茶器には興味がない。

刀剣武具には興味はあるが、すでに何振りもある。

買おうと思えば蔵には大金があり、余裕で買えてしまう。

人から貰《もら》えるもので嬉しいのは、食べ物と、官位官職、肩書き。

官位は貰っても困ることはなく、時代劇大好きな俺には憧れのもの。

官位官職は嬉しい。

次の官位は茨城県民なら皆が憧れる官位か？

気になる。

翌々日の知らせで、正月に京の銀閣寺城に登城するようにと書かれていた。

流石《さすが》に引っ越しのときのような二千五百の兵は集めはしない。

本物の改良型火縄銃を持たせた五十の足軽を連れて行くように準備を力丸に指示した。

◇◆◇◆◇

1584年小晦日《こつごもり》

寒風吹きつく京の都に五十の足軽を従えて上洛《じょうらく》をする。

十二月の京都は寒い。

俺の故郷、ここより北にある茨城県より寒い。

雪も風に乗って、ちらついている。

そう言えばタイムスリップしたときも、十二月で寒かったたっけな。

今回、冬の旅と言うことで、真田《さなだ》昌幸《まさゆき》から貰った熊の毛皮が大活躍、俺は熊の着ぐるみのごとく全身熊の毛皮で服を作ってもらい、それを着る。

熊のコスプレイヤーみたいだ。

織田信長から貰った赤いマントでは寒いから毛皮。

この毛皮、黄色に染色出来ないかと阿呆《あほ》なことを考えていたが、どうやら流石に無理があるらしい。

黄色い熊、人気が出るんだけどな。

黄色い熊の毛皮を着ぐるみのようにして着て、真っ赤なマント……真っ赤な陣羽織……

うん、間違いなく、舞浜のほうからお咎《とが》めがありそう。

毛皮は暖かいのだが、一つ問題があった。

俺の乗る馬が怯《おび》えて、暴れる暴れる。

俺が乗れるものではない。

仕方なく、茶々《ちゃちゃ》たちが使っている輿に乗る。

なんか、神社に奉納される熊の置物になった気分で入京。

道中、指を差され行きかう人々に笑われる笑われる。

寒いものは仕方がないじゃんと、俺はすねた。

今日の付いてくる家老職の家臣は力丸と宗矩《むねのり》、幸村《ゆきむら》は城の留守居役とした。

茶々たちも城に残る。

三条街道を通り入京、銀閣寺近くの隆起した吉田山に作られた銀閣寺城が天智《てんじ》天皇陵を過ぎたころから天守が見えていた。

銀閣寺城は、鴨川《かもがわ》から水を引き石垣で作られた大きな堀を持つ平山城。

攻めにくく、平時には政治の中枢となれる城となっていた。

天守は吉田山に鎮座する。

五層六階建て織田信長特有の望楼型天守、色形は安土城よりはシンプルに作られている。

シンプルに作られたのは、早急に必要性があったからであろう。

煌《きら》びやかなものと言えば、天守に乗った、金の鯱瓦《しゃちがわら》と受雷神槍《じゅらいしんそう》と名付けられた避雷針が金で輝いている。

その城に入城しようとすると、やはり俺は怪しまれる。

先頭の宗矩が門番に、黒坂《くろさか》真琴の行列であることは伝えているが、輿に乗った熊の存在に門番が槍《やり》を向けた。

「城に熊を入れるなどと、不埒《ふらち》なことを」

と、止められた。

ごめんなさい、寒くて頭から足まで熊の毛皮を被《かぶ》ってますから、そうとしか見えませんよね。

と、頭の毛皮を取ろうとすると、出迎えに現れた蘭丸《らんまる》が、

「無礼者、その者、その……熊様？……お方が黒坂常陸守《ひたちのかみ》様本人なるぞ、えぇい控えよ」

と、門番を怒鳴る。

「ごめんなさいね、寒いの嫌いでこんななりで、蘭丸、そんなに怒らないであげてよ」

と、被っていた毛皮を取り挨拶をした。

「しかし、よくわかったね、俺だって」

と、言うと、うちの家臣と蘭丸は大きく笑った。

「はははははっ、そんな格好で登城する人なんて一人しかいませんからね。登城出来る

無謀さがあったとしても、上様に怒られましょうぞ、しかし、常陸様は天下御免のお約束がありますから」

そう、俺は信長に協力するのにあたって無礼御免が許されている。

だって、その約束なかったら絶対、無礼討ちされる自信があるもの。

「さっ、三ノ丸に宿舎が用意されておりますから、そちらへ」

と、案内された。

……。

カポーンって頭の中で、鹿威《ししおど》しの圧巻の驚きの音が鳴ったような気がした。

通されたのは、銀箔《ぎんぱく》でまさに銀色の寺になっていた銀閣寺だった。

外観は修学旅行で見ているから、ほぼ間違いないはず。

「これ、銀閣寺だよね？」

「慈照寺でございましたが、上様が銀箔を張られ銀閣寺としました。足利の世は終わりました」

「なるほど、信長様に出来ないことなどないというわけか」

平成では銀閣寺と呼ばれているが、銀色ではないのは常識。

一般的に、銀箔が剥がれたやら、銀を張るだけのお金がなかったやら、銀を張ろうとしていたが、室町幕府八代将軍足利義政《よしまさ》が完成前に死んでしまったやらの説がある寺。

銀は金と違い酸化しやすい。

銀色を維持するためには、定期的に銀箔を交換しないとならず、膨大な維持費を必要とする。

それを出来ることは『力』の誇示だ。

信長は銀箔を張って完成させた。

それは、足利という権威はなくなり、織田と言う新しい力の象徴。

織田信長の京都での拠点に相応《ふさわ》しい建物。

中に入ると、流石に中はごくごく普通の書院造りの原点という質素な和室だった。

中の壁も銀箔だったらどうしようと、少しハラハラしたが、落ち着いて寝られそうだ。

中まで銀箔が張られていたら、昭和に存在したと噂《うわさ》に聞く、壁全面鏡のラブホテルを想像したからの安堵《あんど》。

昭和の人って、そんな部屋で眠れたのかが気になる。

だって、夜中、絶対何か映りそうじゃん。

事の最中も集中出来なさそう。

映り込んでいるのを見て燃えるのかが謎だ。

俺の寝所は四畳半、書院造りの原点と言われる互い違いの飾り棚のある部屋で、寒いのを嫌う俺のために火鉢が四隅に置いてあり暖かくなっているが、一酸化炭素中毒を心配しなくても良いかのように隙間風は吹いていた。

◇◆◇◆◇

「常陸《ひたち》、何かめでたい食べ物を用意せい」

「信長様、唐突にそう言う漠然としたことをおっしゃるのはちょっと困ります」

俺は生粋の料理人ではない。

元々高校生だ。

ちょっとだけ料理が好きな。

「正月、将軍宣下があり、諸大名が集まる。その帰りに持たせる引き出物の菓子を作れないか？」

「あぁ、そういうことなら考えられなくもないです」

「皆が見たことも食べたこともない物が良い、出来るか？」

「めでたいときに出すお菓子で見たこともない物……あっ、あります。しかも、今まで出してきた菓子の材料で出来ます。そうだ、それに溶かし砂糖をふんだんに掛ければ、織田信長の経済力を見せつけることが可能です」

「ぬはははははははははははははっ、なんだわかっているではないか。そうだ、菓子で儂《わし》の偉大さを見せつけよ」

唐突に呼び出されたが、信長《のぶなが》は忙しいのか、すぐに部屋を出て行った。

どれ、んでは近江《おうみ》大津城から桜子《さくらこ》達を呼び寄せるか。

◇◆◇◆◇

銀閣寺で一夜を過ごし運ばれてきた朝食を食べ終えて、熊の毛皮にくるまりながら外の景色を丸窓の障子を開けて楽しんでいると、坊丸《ぼうまる》が茶室にと呼んできた。

銀閣寺から玉砂利の道を5分ほど進むと、土壁に檜皮葺《ひわだぶ》きのこぢんまりとした建物に案内された。

にじり口から中に入ると見慣れた顔の千宗易《せんそうえき》と、面長のどことなく信長に似ている武将が座っていた。

二度ほど安土《あづち》城内で顔を見ている武将は、織田《おだ》信長嫡男、織田信忠《のぶただ》である。

「常陸殿、一度ゆるりとお茶をと思いまして呼んだ次第にございます」

と、腰の低い挨拶がされる。

「あっ、はい、その、はい」

と、なんとも気の抜けた返事しか出来ない俺に信忠は、俺が緊張していることを察したようだった。

「緊張なさらずに、なにも取って食おうなどというか、危害を加えるつもりなどありません。それに御父上様《おちちうえ》との天下御免の約束は我々にも厳命されております。私だって常陸殿に助けられたわけですから」

と、言ってきた。

俺には危害を何人たりとも加えさせない。そして、礼儀作法無礼の許しの許可を織田信長から貰《もら》っている。

織田家家中なら知らない者はいない。

この信忠でも例外ではない。

茶室に入って座る。

先《ま》ずは一杯と千宗易が漆黒のぶ厚い茶碗《ちゃわん》で抹茶を点《た》てた。

漆黒に映える黄緑色の目の細かな泡がこんもりとした茶は、かきまぜた時間もあったはずなのだろうが熱い。

おそらく、茶碗を温めていたのだろう。

寒がりで、ここに来るまでに冷えた体を温めるのに出された茶は、喉ごしが良く胃に入ると体が温まった。

飲み干したところで信忠が、

「なるほど、美味《うま》い物には正直だと言っている御父上様の言葉がよくわかりました」

と、俺の顔を見て言った。

美味《おい》しそうに飲んでいたわけか？

と、茶菓子が目の前に出てきた。

見慣れた茶菓子を懐紙にとり、ボロボロとこぼさないようにして食べる。

「懐かしい、これ、カステラですよね」

と、言葉を言った。

「懐かしい？　以前、どこで食べられました？　カステーラ」

と、聞かれた。

しまったか？　やってしまったか？　と、言葉に詰まり、パサパサのカステラが喉に詰まりそうになり咳《せ》き込んだ。

カステラ、そうそう出回っている物ではない。

南蛮貿易をしている者と昵懇《じっこん》でなければ食べられないであろう。

咳き込むと、ぬるい茶が出された。

ごくりと飲み干すと。

「ははは、少し意地悪が過ぎましたね。聞いていますぞ、御父上様から」

と、言う。

秘密や未来などとの言葉は出していないが、聞いているのだろう。

「全部聞いたのですか？」

「はい、聞きました。で、常陸殿と仲良くしろと言われましてな」

仲良く？　え？

ひょえ━━━━━━━━━━。

と、ケツを押さえて後ずさりすると信忠は不思議そうな顔をしている。

「ああ、そういうことではないから安心してください」

と、笑って言う。

先ほどから茶釜の前で真面目な顔をしている千宗易も笑っていた。

「茶々《ちゃちゃ》が我が義理の妹となりました。なので常陸殿は義兄弟、そういう仲良くしろとの意味です」

と、言うので俺は座りなおした。

「信忠様、あなたが目指そうとするものは何です？」

と、俺は真面目な顔で聞く。

「御父上様が目指しているものと一緒、日本を統一したのちは海の外に出て行きたい」

「それは、朝鮮や明《みん》を攻めるということですか？」

「大陸攻めですか？　今はまだそこまでは考えてはいませんが」

と、言った。

「安定の平和国家をこの国に造るためなら協力は惜しみません。ただ、自分の野望だけで海外に遠征するなら話は別です」

と、答えると薄ら笑いをしながら話していた信忠の顔が、するどい目つきに変わった。

その顔は、まさに織田信長を若くしたような凛々《りり》しさが感じられる。

「なるほど、考えておきましょう」
と、一言言ったのちに、お茶を飲む。
「そういえば御父上様は、この正月に征夷大将軍《せいいたいしょうぐん》宣下をお受けなさいます。私は右大臣
右近衛大将に昇進します。そして、織田家の武力を格段に上げた常陸殿は中納言昇進で
す」
と、言って退室していった。
中納言、茨城県民なら皆が知っている官位、別名、黄門。
茨城県の絶対的ヒーロー水戸黄門。
ん？　となると、俺は常陸守《ひたちのかみ》だから常陸黄門なのか？　近江大津城城主だから近江大津
黄門なのか？　と、考える。
中納言か、なかなか良い出世街道まっしぐらじゃん。
お祖父《じい》様には「総理大臣になれ」と、言われて育ったが、総理大臣と言う官位官職はな
い。
だったら大臣を目指すなら内大臣・右大臣・左大臣・太政大臣《だいじょうだいじん》となる。
このままなら、なれるかな？
そんなことを部屋に戻って考えていると除夜の鐘が聞こえてきていた。
除夜の鐘を耳にしながら俺は眠った。
京の都での除夜の鐘が聞けるというのは、なんとも贅沢《ぜいたく》な気分ではあるが、日の出を拝

みたいがために早く寝る。

日の出前に目が覚めたので、銀閣寺の二階から東の空を見ると、山の陰から少しずつ上がってくる日の出に頭を下げて、柏手《かしわで》を打ち初日の出を拝んだ。

朝飯を食べて、深い緑色の大紋の着物に着替え烏帽子《えぼし》を被《かぶ》った。

この時代の、武士の正装。

吉田山山頂天守下の本丸御殿に登城する。

俺は一番の登城らしく、織田信長に一対一で新年の挨拶をした。

「新年おめでとうございます」

「おめでとう、格式張った挨拶はよい。今日は常陸は広間の上座右側に座っておれ、左側には信忠が座る、皆の挨拶を受けよ、ただただ偉そうに座っておればよい」

「無言で座っているのは良いのですが、寒いのは……」

と、俺が言うと、呆《あき》れた笑いをしていた。

「あぁ、わかったわかった、毛皮を用意してやる、っとに、その寒がりをどうにかせい」

別部屋で暫《しばら》く待ったあと、広間に移動する。

欄間には松竹梅が描かれたステンドグラスが、目に入った。

その欄間の奥が上段の間で畳敷き、さらに、その奥には鳳凰《ほうおう》の描かれた欄間のステンドグラスがあり、簀がかけられ奥がよく見えない作りになっていた。

奥の壁にはカラフルな光が射《さ》しているのが微《かす》かに見える。

上段の間の存在は行幸を行う意思の表れである。

ステンドグラスは確かに立派だ。俺はそれなりに見た経験があるので驚きはしないが、感心はする。

作れたんだ、しかも、短期間でと、感心しながら眺める。

狩野永徳《かのうえいとく》が下絵を作った和と、ステンドグラスの洋の共演は美しかった。

後世に残れば間違いなく国宝だろう。

しかし、ガラスって固まっているようで、実は液体のように長い年月が過ぎると下に少しずつ垂れ下がっていく。

古いステンドグラスは重力に従い下に少しずつ垂れていくらしい、なかなか面白い、このステンドグラスが畳に到達するまでは何年かかるのだろうと興味があるが、流石《さすが》に生きているうちには、下に垂れてきているのもわからないくらいの流動なのだろう。

緑が輝く松の木々、黄色に近い若竹が勢い良く伸びた竹林、満開の赤い梅のステンドグラスには新たな芸術文化の幕開けを予感させた。

板の間には、毛皮の座布団が左右に置いてある。

虎ですね。

熊より毛が短くさわり心地の良い虎の毛皮に座る。

暫くすると、信忠が左側の虎の毛皮に座った。

「新年おめでとうございます」

と、俺は頭を下げると、

「おめでとう。と、言うか変わった敷物を出させましたな」

と、信忠は困惑した様子ではあった。

「ははは、寒がりなもので、すみません」

と、謝ると苦笑が返ってきた。

蘭丸《らんまる》が、

「挨拶衆が入ります」

と、言うと次々に武将達《たち》が前に来て新年の挨拶をしては列に座っていく。

その中には、柴田勝家《しばたかついえ》、羽柴秀吉《はしばひでよし》、滝川一益《たきがわかずます》、丹羽長秀《にわながひで》、前田利家《まえだとしいえ》、佐々成政《さっさなりまさ》などなどの家臣に、同盟者の徳川家康《とくがわいえやす》、臣下になった上杉景勝《うえすぎかげかつ》、最上義光《もがみよしあき》、伊達輝宗《だててるむね》、蘆名盛隆《あしなもりたか》、相馬義胤《そうまよしたね》、南部信直《なんぶのぶなお》などの奥州の大名も上洛《じょうらく》をし登城をしていた。

小田原の北条《ほうじょう》家からは、当主の氏政《うじまさ》の弟の北条氏規《うじのり》、常陸《ひたち》の佐竹《さたけ》家からは当主の義宣《よしのぶ》の弟の佐竹義広《よしひろ》が登城。

九州の大名で織田家に恭順の意を示している、大友宗麟《おおともそうりん》と立花宗茂《たちばなむねしげ》は島津《しまづ》との戦いが激戦となり上洛は免除された。

一同がならび終わったころ、上段の間に椅子が運ばれ、そこには、南蛮の服を身に纏《まと》った信長が座った。

「みな、上洛年賀の挨拶大儀である。このまま京に留《とど》まり、十日の征夷大将軍宣下の儀に列席を命じる」

と、言って退席した。

列席した武将達はひれ伏していた。

このあと、宴席になり織田《おだ》家家中の面々は晴れ晴れとした表情をしていたが、佐竹義広と北条氏規の表情は幾分曇っていた。

俺は長居をせずに宿舎の銀閣寺に戻った。

他の登城した家臣や大名は、この銀閣寺城の城下町に屋敷を与えられているそうだ。

俺はここでも別格扱い。

銀閣寺城内の主建物である銀閣寺を宿として貸し与えられている。

単純に言えば、居としている近江《おうみ》大津城からは日帰り出来る距離だから、屋敷を貰っても持て余すだけだが、それでも城内宿泊は異例なことだそうだ。

◇◆◇◆◇

1585年1月10日
真新しい青々とした畳が敷かれた銀閣寺城大広間に正親町《おおぎまち》天皇の使者、太政大臣に復権していた近衛前久《このえさきひさ》の勅使一行が訪れた。

大広間には正装した織田信長《のぶなが》、家臣、同盟している諸大名が集まる。

勅使が上座に立ち、下座に織田信長が座っている。

「御昇進、御昇進」

と、勅使の一人が二度大きな声で言っている。

俺は官位官職は一門衆の中でも上だが、織田家には織田家の一門衆としての序列があり、織田信長の嫡子である信忠《のぶただ》、次男の信雄《のぶかつ》、信長の弟の信包《のぶかね》、信長の三男の信孝《のぶたか》・信長の甥《おい》の大溝城城主信澄《のぶずみ》、信長の弟の長益《ながます》（有楽斎《うらくさい》）、同じく弟の長利《ながとし》、そして俺、織田家で八番目だが広い広間で最前列に座った。

その後ろに、家臣、諸大名が座る。

そんな中、征夷大将軍宣下の勅命が言い渡される。

俺は、こんな機会は二度とないと思い、スマートフォンを懐に忍ばせて動画を隠し撮りした。

こんなことなら画素数が良いスマートフォンにしておくべきだったか？　いや、耐衝撃性に特化したスマートフォンだからこそ、今まで使えたのか？　と思いながら、バレないように隠し撮り。

勅命が紙に書かれた難しい言葉を読み上げていたが、内容は織田信長を征夷大将軍と任命する勅命が出ましたよ、と言うことで、

「左大臣右近衛大将平朝臣《たいらのあそん》信長を征夷大将軍になるよう勅命を言い渡す」

織田信長は、

「慎んでお受けいたします」

と、返答をする。


征夷大将軍織田信長の誕生の瞬間だった。


将軍宣下の儀式のあと、織田信忠の従二位右大臣・右近衛大将の昇進と、俺の従三位中納言・常陸守の昇進をついでに言い渡された。

儀式が滞りなく終わると、宴席になり大いに盛り上がる。

俺も二十歳となったので、酒をちびりちびりと味わった。

お酒初級者に日本酒はなかなかきつい。

織田信長も、この時代に来て初めて見るくらいに酔っていた。

周りの雰囲気に飲まれてしまい、酔った俺は力丸《りきまる》に抱えられながら寝所へと戻り寝てしまった。

この日、安土《あづち》幕府が誕生した。

それは最早《もはや》、俺が知る時間線ではないことを決定づける出来事の一つとなった。

◇◆◇◆◇

《征夷大将軍宣下の儀一週間前》

集まった諸大名、家臣に持たせる土産は、

バームクーヘンだ。

林間学校のバーベキューで作った経験を思い出しながら試作を開始する。

生地は以前作った、どら焼きの応用ですぐに作れる。

それを中ぐらいの太さの竹にかける。

そして、炭火の上でくるくると回して焼く。

生地がある程度固まったら、また生生地を薄くかけて焼く。

それを幾度も繰り返す。

「御主人様、これでよろしいので？」

「あぁ、焦げないように注意してね」

と、桜子《さくらこ》達に頼む。

直径30センチ位までなった物を少し冷まして、そこに溶かし砂糖をコーティングするようにかける。

砂糖が固まるのを待って、輪切りにしてもらい竹筒から外した。

断面は、年輪を重ねた木のようになっている。

「おっ、初めてにしてはなかなか良い出来、どれ」

と、味見をすると、

「おぉぉぉぉ、バームクーヘンになってる。

美味《うま》い美味い、この固まった砂糖のサクサク感がまた良い。桜子達も食べなよ」

「いただきます。あら、美味《おい》しい」

「美味しいのですです」

「うひゃ、ほっぺ落ちそう……落ちそうです」

「これは断面が年輪を重ね育った木のように見えるから、幾年も年を重ねるって縁起物のお菓子なんだよ。これならみんな喜ぶでしょ」

「凄《すご》い凄い凄い、おにい……凄いです御主人様」

と、桃子《ももこ》が一番感動していた。

織田信長にまず出すと、満足したようで、

「ぬはははははははははっ、織田の治世を幾年も積み重ねると言う隠れた意味、良かろう。そして、なにより美味い。これを土産に持たせれば皆驚くであろう」

と、上機嫌だった。

案の定手土産として持たせると、話題になり、そして俺の名も、さらに有名になった。

菓子中納言などという、あだ名が出来てしまうくらいに。

水戸黄門とは呼ばれることは当然なかった。

◇◆◇◆◇

「殿、このままでは徳川家は三河《みかわ》・遠江《とおとうみ》・駿河《するが》を治めるだけの、大名に終わってしまいますぞ」

「それで良いではないか？　織田信長様の軍門に降《くだ》ったときから、わかっていたこと」

「殿、この天海《てんかい》にお任せ下さい」

「なにをするというのだ？」

「織田信長の統治を良しとしない者を集め、関東で乱を起こさせます。そうなれば東国に領地を増やすきっかけになります。関東の広い平地を領地に増やせば、織田信長死去の際、織田家打倒も夢ではなくなります」

「織田信長死去？」

「はい、殿は織田信長よりお若うございます。東国で徳川家の力を蓄えれば天下は徳川家

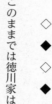

に回ってきます。天下を治めるべき者は殿にございます。あの第六天魔王と自ら名乗る織田信長の治世に民の平和はありましょうか？　殿もお恨みはあるはず、築山殿《つきやま》、信康《のぶやす》殿のお恨みが」

「言うな、天海。それは疾《と》うの昔のこと。お前はなんと恐ろしいことを考えている？」

「私は、民の救いとなる征夷大将軍《せいいたいしょうぐん》徳川家康を望んでおります。殿こそがなるべき者にございますぞ。織田家の治世が続けば、あのような濡《ぬ》れ衣《ぎぬ》で殺さねばならぬ者も出てきましょう」

「天海……」

「なに、私にお任せ下さい。日本各地にいる織田信長憎しの者を集めてみせます。その旗頭は北条・佐竹、さすれば関東に攻め込む大義名分も出来ましょう。天下を治めるのは持ち廻《まわ》り。次は殿ですぞ」

《あるかもしれないパラレルワールドの未来――》

副首都の茨城県鹿嶋《かしま》市にある黒坂《くろさか》家は、君主政体安土幕府が制限君主立憲民主制に移行し廃藩後、日本国政府後見役参議と言う役職が代々継承される家であった。

日本国政府後見役参議とは、民主制の選挙で選ばれた議員の他の別枠に設けられる役職で、十家の家が継承される。

後見役参議の会議には帝《みかど》も御出席される。

基本的には、国政は国民の代表の議員が行う議会制民主主義だが、後見役参議はそれを監視し国民のためにふさわしくない場合、拒否権、議会解散、議員解任、戦争の開戦・停戦を合議により発動する権限がある。

例えば国益を無視した、議員同士の揚げ足を取る話ばかりの議会が続くと、議会解散命令を発動させたりする。

また、日本国防衛軍も日本国政府後見役参議がトップとして命令を発動させられる。

帝は『勅命』と言う御言葉《おことば》を出すことが出来る。これは強制力を持たないが、帝は日本国の国家元首と定めているため、特に安土幕府から続く後見役参議には、命令に近い協力が要請されるのだ。

　そんな日本国政府後見役参議の黒坂家当主で、真琴《まこと》の祖父の黒坂龍之介《りゅうのすけ》は武芸百般の強面《こわもて》の日本国政府の重鎮、そんな家に政府は謎の解明に協力を要請した。

　最初は孫の恥、と出し渋っていたが、帝の『勅命』が、同じく日本国政府後見役参議筆頭の織田信成《おだのぶなり》から言い渡されると、黒坂龍之介は、「お国のためなら」と、黒坂真琴の部屋に残されていた『パソコン』『美少女フィギュア』『美少女抱き枕カバー』『コミケの本』『オンラインゲーム』『黒ギャルの写真集』を提供した。

　パソコンには、小説投稿サイトに投稿していた、青春ハーレムラブコメのライトノベルが残されており、とても下手な文章で読めたものではなかったが、政府が解析したのちに、プロの小説家が編集改稿して出版され、世界中で翻訳され大ヒットとなった。

　アニメ映画化20作がシリーズ化され放映、全米どころか、全世界がハーレムラブコメライトノベルに感動の涙を流した。

　黒坂真琴は高校生時代、作家志望だったため、知らないところで大ヒット作家になり、世界で権威ある賞を総嘗《そうな》めとした。

　どうして平成から天正にタイムトラベルをしたかの謎は、解明されることはなく、今まで信じられていた物理の法則は、不正確なものと言う結論だけを残した。

　そして、黒坂真琴が破棄を願った『パソコン』『美少女フィギュア』『美少女抱き枕カバー』『コミケの本』『オンラインゲーム』『黒ギャルの写真集』は、重要文化財に認定され、国立科学博物館で展示されることとなり、本人の希望とは真逆すぎる結末に至った。

展示されたその品を見ようとする者は、世界各地から訪れ長蛇の列は続いた。

「ねぇ、みんな最近マコに足舐《な》められてる？」

と、温泉から真琴が出て行ったあと、お江《ごう》が茶々達《ちゃちゃたち》や、桜子達に向かって言うと、

「私は元々はお江達とは違って舐められては、いないですから。慰めるのに舐めさせたことはありますが」

「姉上様、誤解があるようですが、私だって義兄上《あにうえ》様に好きで舐めさせたわけではないですから」

と、お初《はつ》は珍しく、茶々に向かって軽い怒りを見せていた。

「え〜初姉上様も私と一緒だと思っていたのに〜」

と、お江がケラケラと言うと、お江はお初にお湯をバシャリと顔にかけられ、

「お江、私は違いますから一緒にしないで下さい」

と、怒られていた。

「私達は御主人様に舐められることなどはないですから。ただ、御主人様に近づくとこっそりとですが、匂いを嗅いでいるような……」

と、桜子が言うと、

「あっ、それ私も気がついていたのです。以前、御主人様も私達の匂いが好きと、ちらっと言っていたのです」

と、梅子《うめこ》が言うと、

「はい、私も御主人様の身なりを整えているとき、御主人様は大きく鼻で息を吸い込んでくるんです」

と、桃子も言うと、

「ん〜、マコは足嫌いなのかな？」

と、お江は足をお湯から出して言う。

「真琴様は、特段お足には興味はないのでは？　膝枕を船でしてあげましたが、別に撫《な》でたりとか、触ったりとかはしてきませんでしたから」

と、茶々が言うと、皆一度は膝枕をしているので同意の頷《うなず》きを返した。

「なら、マコは匂い好き？　犬マコ？　コマ犬だ」

と、お江が言うと、みんな笑っていた。

「これ、仮にも義兄なのですから、変なあだ名を付けるのはおやめなさい」

と、お江は茶々に叱られていた。

◇　◆　◇　◆　◇

その頃、部屋に戻った真琴は大きなくしゃみを繰り返し、

「ん？　温まったのに、おかしいな」

と、一人呟《つぶや》いていた。

あとがき

『本能寺から始める信長《のぶなが》との天下統一２巻』を読んでいただきありがとうございます。

先《ま》ずは、私事ですが、いろいろとご心配をおかけしてしまい、多くの御見舞《おみま》いの言葉をいただきありがとうございます。執筆には問題ないので御安心いただければと思います。

これからも書き続けます。


そして、令和元年の度重なる台風・水害に遭われた全国の皆様に御見舞い申し上げます。

本作品では災害についても書く予定です。それは興味本位などではなく、日本は昔から災害が続く地であることを少しでも知ってもらい、防災の意識を持ってもらえればと思っているからです。戦国時代末期から江戸時代にかけては、特に災害が政治に影響を与えているのを知ってもらえればとも思います。

黒坂真琴《くろさかまこと》は３１１の東日本大震災を経験している高校生です。そのような人物が過去へ行ったらと考えたとき、防災・減災を意識しないはずはない。だろうと考えています。

令和元年、私、そして、主人公・黒坂真琴が愛する茨城県にも多くの被害がありました。多くのボランティアの方々に茨城へ来ていただき、活動している報道を見て、感謝しかありません。本当に、ありがとうございました。

次は元気な茨城で楽しんでいただければと思います。

『がんばっぺ、茨城！

頑張っているよ、茨城！

魅力度最下位記録更新？　ごじゃっぺばかり言ってねぇ～で、茨城さ来《こ》、あんこう鍋

うっまいぞ～、干し芋甘いぞ～、けんちん蕎麦美味《そばうま》いぞ～、梅綺麗《きれい》だぞ～』

この巻が発売されるころには、日本三名園の水戸の『偕楽園《かいらくえん》』の梅が見頃になっているかと思います。

園内は梅の良い香りに包まれ、華やかで色とりどり、多種の梅が楽しめる季節です。

一足早く、桜とは違ったお花見を楽しんでいただければと思います。

偕楽園の梅は本当に本数、種類がいっぱいなので大いに楽しめますよ。

所謂《いわゆる》『映《ば》える』写真も多く撮れると思います。

綺麗な着物を着た水戸の梅大使や、水戸黄門と一緒に写真撮影が出来たりもしますよ。

そして、梅干しだけでない酸っぱ甘い『梅グルメ』『梅スイーツ』も楽しんでいただければと思います。

全国の梅酒が飲み比べ出来るイベントなどもありますよ。

さて、多くの皆様に楽しんでいただければと思い、本巻も1巻同様『小説家になろう』に投稿してある作品に、大幅に加筆させていただきました。

いかがだったでしょうか？　これからも書籍版オリジナルキャラ・ヒロインを書いて行

ければと思います。茨乃《しの》先生が命を吹き込んでくれたヒロイン達《たち》を見ると、作者本人ながら萌《も》え萌えキュンキュンしてしまい欲が出てしまいます。多くのヒロインに会えると良いな。茨乃先生、この場で御礼を言わせていただきます。可愛《かわい》いヒロイン達をありがとうございます。

プロローグのクイズ番組とエピローグですが、本編から、いくつもに枝分かれする未来の物語です。必ずしも本編に続く未来・結末ではありませんので御注意下さい。

本編が続くにつれ枝分かれしていく、未来線の一つです。

私が好きな土曜日のクイズ番組をモチーフに書かせていただきました。

いつの日か、解答席に座りたいものです。

1巻・2巻と滋賀県が主な舞台となっておりますが、実は滋賀県は二度ほどしか行ったことがなく、間違いがございましたら、ごめんなさいと謝らせていただきます。

修学旅行で大津市に宿泊しているのですが、あまりにも昔のことで琵琶湖《びわこ》ディナークルージングぐらいしか覚えていないのが残念です。

日没後のクルージングだったので景色も覚えていなく残念。

しかし、その経験を取り入れて書いてみました。意外なところで役に立つ経験、わからないものですね。

大人になり一度、長浜、彦根《ひこね》、安土《あづち》周辺を旅させていただきましたが、戦国時代を思わせる多くの史跡、町並みは、戦国時代好きにとっては魅惑の土地だと思います。いずれゆっくりと巡りたいものです。

鮒鮨《ふなずし》、近江《おうみ》牛を食べながら雄琴《おごと》温泉で一杯なんてしたいですね。鮒鮨意外に好きです。

そして、1巻末から出てきております、『洋式帆船サン・ファン・バウティスタ号』ですが、こちらは宮城県石巻市に博物館があります。

木造復元船サン・ファン・バウティスタ号は、311の津波被害や経年劣化で取壊しが決まっているそうなので、興味がある方は取壊し前に足を運んでみてはいかがでしょうか？

このような木造復元船を生で見ることが出来る機会は、もう、ないかもしれません。

江戸時代初期に太平洋を渡れる船を、日本で造船することが出来た。と、知ったときは、胸が高鳴るのを感じました。伊達政宗《だてまさむね》はもっと感動したんだろうななどと思います。

当時の人が海を渡って異国に行く難しさは、現代の私達が宇宙に行くに等しいものだったかもしれないと思います。

近くには石ノ森章太郎《いしのもりしょうたろう》先生の石ノ森萬画館《まんがかん》もありますので、子供連れでも楽しめる地だと思います。三陸の海の幸、仙台の牛タンは舌鼓を打つこと間違いなしです。いかがでしょうか？　歴史好きなら仙台市博物館は必見ですよ。

主人公・黒坂真琴が持つ、この船の写真から始まる物語をこれからも楽しんでいただければと思います。

3巻で、また皆様に会えることを願います。

常陸之《ひたちの》介寛浩《すけかんこう》

作品のご感想、ファンレターをお待ちしています

あて先
〒141-0031
東京都品川区西五反田 7-9-5 SGテラス5階
オーバーラップ文庫編集部
「常陸之介寛浩」先生係／「茨乃」先生係

OVERLAP

本能寺から始める信長との天下統一 2

発　行　2020年2月25日　初版第一刷発行

著　者　常陸之介寛浩
発行者　永田勝治
発行所　株式会社オーバーラップ
〒141-0031　東京都品川区西五反田7-9-5
校正・DTP　株式会社鷗来堂
印刷・製本　大日本印刷株式会社

Printed in Japan ISBN 978-4-86554-612-5 C0193

オーバーラップ　カスタマーサポート
電話：03-6219-0850／受付時間 10:00～18:00（土日祝日をのぞく）

オーバーラップ文庫
――そして、少年は〝最強〟を超える。
ありふれた職業で
ARIFURETA SHOKUGYOU DE SEKAISAIKYOU
世界最強
WEB上で絶大な人気を誇る
“最強”異世界ファンタジーが書籍化!
クラスメイトと共に異世界へ召喚された“いじめられっ子”の南雲ハジメは、戦闘向きのチート能力を発現する級友とは裏腹に、「錬成師」という地味な能力を手に入れる。異世界でも最弱の彼は、脱出方法が見つからない迷宮の奈落で吸血鬼のユエと出会い、最強へ至る道を見つけ――!?
著 白米 良　イラスト たかやKi
シリーズ好評発売中!!

オーバーラップ文庫
外れスキル【地図化《マッピング》】を手にした少年は最強パーティーとダンジョンに挑む
オーバーラップWEB小説大賞「大賞」受賞作品！
［最強に至る、ただ一つの武器《外れスキル》］
レア度だけは高いが使いどころのないスキル【地図化《マッピング》】を得てしまった冒険者のノートは、幼馴染みにも見限られ、冒険者として稼いだ日銭を溶かす日々を送っていた。
そんなノートが出会った、最強パーティー『到達する者《アライバーズ》』に所属するジンから授けられたのは、スキルの意外な活用法と、気付いていなかった自身の強みで——!?
外れスキルを手にした少年が、やがて高みに至るファンタジー成長譚、開幕！
著 鴨野うどん　イラスト 雫綺一生
シリーズ好評発売中!!